Nullpunkt

Artem Tschech

Nullpunkt

Aus dem Ukrainischen von
Alexander Kratochvil und
Maria Weissenböck

Mit Fotografien von
Brendan Hoffman

ARCO

Inhalt

Neue Träume
Erster Teil

Neue Träume

Der Bus trug die provokante Aufschrift »Auf zum Tanzen« und war lächerlich komfortabel, als würde er seine Passagiere nicht in ein Ausbildungscamp für Rekruten, sondern in ein Schlammheilbad bringen. Einundvierzig Rekruten, begleitet von zwei Offizieren. Wir fuhren ins Ausbildungslager Riwne.

Als wir die Hochhäuser der Hauptstadt hinter uns gelassen hatten und der Wald begann, zuckte ich fast zusammen. Berührt vom sentimental-romantischen Vorgefühl eines neuen Lebens. Von der neuen Rolle darin. Erregt vom Unbekannten. Erfüllt vom tollkühnen Wunsch, so schnell wie möglich die Uniform anzuziehen und im Digitaltarnmuster herumzulaufen wie all die andern, die ich im Laufe des letzten Jahres mit einem gemischten Gefühl aus Begeisterung und Schuld beobachtet hatte. Obwohl ich natürlich wusste, dass man mich über kurz oder lang einziehen wird. Wenn nicht im Januar, dann im April, und wenn nicht im April, dann im Juni. Das spürt man. Ich hatte sogar meinen Job gekündigt. Wollte mein Buch zu Ende schreiben. Es ist nicht fertig geworden.

Als wir eine Pause machen, schieben wir uns zum Ausstieg. Einer rempelt mich mit dem Ellbogen an. Anstelle eines »tschuldige« höre ich einen üblen Fluch.

»Die Klos sind hinter der Tankstelle«, informiert uns der Offizier netterweise. »Nur, Jungs, bitte keinen Fusel.«

»Klar, ohne Fusel!« stimmen die Jungs zu.

Der noch gestern rasch besorgte Alkohol ist sorgfältig verpackt oder in großen Limoflaschen abgefüllt.

Wir stehen herum und rauchen. Ein untersetzter Kerl erzählt: »Seit zwanzig Jahren habe ich immer wieder den gleichen Traum – dass ich eingezogen werde. Ich sage denen, ich habe meine Wehrpflicht abgeleistet, doch die: Halt's Maul, bist eingezogen. Und in dem Traum seh ich einen Bahnhof, einen Bus, ich marschiere, meine Stiefel drücken. Seit es im Donbas losgegangen ist, habe ich jede Nacht diesen Traum.

Und da kam der Einberufungsbescheid, und ich bin gegangen. Wie im Traum.«

Die übrigen Männer nickten zustimmend, seufzten und erzählten dann um die Wette ihre Märchen und Legenden. Sie sprachen von Libyen und Ägypten 1976, von Afghanistan 1989, von Jugoslawien 1994. Ein Freiwilliger, der sechsundzwanzig Jahre als Rettungssani abgerissen hatte, wiederholte die Mahnung des Offiziers, sich des Alkohols zu enthalten.

Wir verteilten uns wieder im Bus und fuhren weiter. Vor lauter Aufregung ganz müde, flüsterten alle miteinander, blickten finster in die Landschaft. Des Alkohols enthielt sich keiner.

Ich kaute ein belegtes Toastbrot mit Schmelzkäse. Ich dachte, soll ich jemandem was anbieten, oder sehe ich dann wie ein Depp aus? Vielleicht ist es auch zu früh, eventuell später, wenn wir einander besser kennen?

Ich beobachtete die, die aus Plastikflaschen etwas tranken, was Weinbrand ähnelte. Die boten auch keinem was an, tranken einfach ihr Zeug. Ich entspannte mich.

Beim Wehrersatzamt auf der Swjatoschinska-Straße hatte ich mich von meiner Frau verabschiedet, sie war etwas ratlos gewesen, musste sich auf die neuen Herausforderungen einstellen. Auch ihr Leben änderte sich nun, einsame Nächte und sorgenvolle Morgen. Wie lange werden wir uns nicht sehen? Einen Monat? Zwei? Ein Jahr? Zwei?

Damals schien mir zum ersten Mal, dass ich das Leben eines andern erlebe. Und ich werde andere Träume haben. Und ich werde einen anderen Platz einnehmen und ein Held werden oder ein Angsthase. Oder sterben.

So oder so. Jeder von uns wird neue Träume haben.

Kosakenhorde

Das erste, was ich im Ausbildungscamp sehe, nachdem ich die Verwaltungsgebäude passiert und das Zeltlager erreicht habe, sind Sand und Haare. Statt Erde Sand, stellenweise zu Staub zerrieben. Und Haare. Kurze, lange, schwarze, rote, graue Strähnen. Sie bedecken den Boden, ein Teppich mit hohem Flor. Der Abendwind wirbelt die Haare auf, sie fliegen über den Zelten wie Pappelwolle. Bei den Steckdosen sitzen auf Hockern Männer mit viel zu stark gebräunter Haut. Kahlgeschoren, schlaffe Bäuche, alte Operationsnarben am ganzen Körper.

»He, woher?«, hören wir.

»Kyjiw«, sagen wir.

»Aus der Hauptstadt! Wua-ha-ha!«

Solche Szenen kennt man aus Filmen, in denen der Protagonist im Gefängnis landet und zum ersten Mal durch den Block in seine Zelle geht.

Unsere Uniformen viel zu neu, unsere Stiefel viel zu glänzend, die Haut frühlingshaft blass, die Taschen voller teurer Zigaretten, der trendige Haarschnitt kaum noch zu erkennen.

Wir kommen gerade rechtzeitig zum Abendappell. Ein Oberleutnant in neuer, englischer Uniform mit Tarnmuster schreitet breitspurig die Reihe der vierten Aufklärungskompanie ab. Staucht die Loser zusammen, raucht eine nach der anderen und lacht über seine Truppe. Das Regiment zählt zirka 200 Rekruten, dem Aussehen nach Lagerinsassen. Manche reagieren bereitwillig auf die Witze des Oberleutnants, lachen wiehernd aus schwarzen, zahnlosen Mündern. Es riecht nach Schweiß und Schnaps.

Über den Zelten wehen Fahnen, manche neu, manche ziemlich zerfetzt. Gelb-blaue und rot-schwarze. Hinter dem Lager verrottet der Müll. Es stinkt nach Klo.

»Oh Gott«, denke ich, »wo bin ich gelandet, wer sind diese Menschen, und wo sind die tapferen, jungen Helden von den Plakatwänden? Wo sind all die Juristen, Designer, Journalisten und Werbeleute? Wo sind die, die ihren Rolls

Royce verkauft haben und an die Front gegangen sind? Was für eine schwarze Garde ist das, was für eine anarchistische Machno-Bagage?* Wie kann ich ›Strg Del‹ drücken und alles rückgängig machen? Zurück in die sauberen Straßen der Hauptstadt, ins blitzblanke Büro?«

In meiner neuen, noch nicht ausgeblichenen Uniform stehe ich da, neben meinen Füßen liegt ein polnischer Rucksack, der mit der Uniform ausgegeben wurde, und ein roter Deuter-Rucksack: meine Hände sind schweißnass, und in diesem Augenblick begreife ich, dass es kein Zurück gibt. Es geht nur voran, zusammen mit der Kavallerie, auf dem Kampfwagen, ein Bajonett in der einen und eine Mauser in der anderen Hand; heizen, fällen, schießen und, wenn's leicht geht, nicht durchdrehen in dieser erstickenden Kosakenhorde. Das ist sie: die Initiation, die Soldaten-Weihe, die Taufe mit Schmutz und Kot.

»Gewöhn dich dran«, sagt Ljoscha zu mir, wir sind gemeinsam angekommen. Im Gegensatz zu mir hat er Armeeerfahrung. Er kennt die hiesigen Gesetze und Bräuche.

Es ist dunkel geworden. Über der Zeltstadt surren die Mücken. Wir bekommen eine Führung zur örtlichen Toilette. Sie ist um die dreißig Meter lang, ein Holzverschlag mit Brettern, die offensichtlich von einem anderen Schuppen stammen. Den beiden Wänden entlang verlaufen Rinnen. Darin sieht man Fäkalien, ausgestreutes, weißes Chlor und Blut. Hämorrhoiden sind offensichtlich die Volkskrankheit Nummer eins hier.

Einen Moment lang stelle ich mir vor, wie ich am nächsten Tag hier mein großes Geschäft erledigen werde, Hintern an Hintern mit anderen. Ich versuche, das Bild zu verscheuchen. Denke daran, was in einem oder anderthalb Monaten sein wird: Kahlgeschoren, braungebrannt, mit sich schälender Nase und ölverschmutzten Händen werde ich auf einem Hocker vor dem Zelt sitzen und den Neuankömmlingen ins Gesicht blicken. Wahrscheinlich werde ich ausspucken, vielleicht sogar durch die Zähne. Bis dahin wird sich meine Uniform zu einem eintönigen, hellen Ocker abgenutzt haben, meine Stiefel werden grau sein vom Staub, meine Füße verkrustet von Blasen, vor mir werden neue Prüfungen liegen, das Kollektiv, die Einheit, wahrscheinlich der Krieg, vielleicht sogar Verletzungen oder der Tod … Aber noch bin ich neu, ich rieche nach frischem Schweiß und dem morgendlichen Givenchy, was ich gesehen habe, hat Wunden bei mir hinterlassen, ich bin betäubt vom Vorgefühl der Unumkehrbarkeit.

Und hier ist mein Kosakenführer, hier steht er, ein dickwanstiger Wichser im Tarnanzug.

Tag eins

Die lebhaftesten Träume kommen vor Sonnenaufgang. Normalerweise sind es Träume vom Leben draußen: meine Frau, der Sohn, Leute von früher, Universität, Schule. Diese Träumerei ist verstörend und unbequem, denn beim Erwachen begreifst du, dass du dir schon drei Wochen nicht mehr gehörst. »Wo bin ich? Was bin ich?«, denkst du immer wieder, während du aus dem Schlafsack schlüpfst. »Was wird der neue Tag bringen?«

Diese erste halbe Stunde des neuen Tags ist nicht nett zu dir. Während du noch nicht ganz wach bist, setzen dir die Dämonen der Zweifel und Ängste ordentlich zu. Da heißt es dann frühstücken und die erniedrigende Prozedur des Morgenappells über sich ergehen lassen, dann klärt es sich im Kopf auf, und alles steht an seinem Platz. Die Angst löst sich auf, und die Träume geraten in Vergessenheit. Und du spürst keinen solchen Hass auf den Zugführer wie im Traum. Und es scheint, auch wir verärgern ihn nicht so.

Wir gehen auf den Übungsplatz. Bereits um acht Uhr morgens grillt die Sonne unsere Nacken und Nasen. Unsere Treter wirbeln dicke Staubwolken auf. Das Atmen fällt schwer. Manchmal müssen wir ins Lauftempo wechseln. Aber auch dabei reden wir weiter. Worüber? Wir sprechen von unserer früheren Arbeit, vergangenen Erfahrungen, erlebten Tragödien, Grenzüberschreitungen, über Waffen, Wehrtechnik und ihre Merkmale. Zugegeben, ihre Abkürzungen und Akronyme sagen mir nicht viel. Was sollen sie mir auch sagen, war ich doch einer von denen, die in Tolstois *Krieg und Frieden* die Kapitel über den Krieg übersprungen haben?

Wir lernen zu schießen. Einige, die schon Erfahrung haben, meinen, man bringe uns das Falsche bei, an der Front würde niemand so schießen. Wir lernen zu robben und uns einzugraben. Außerdem lernen wir zu rennen und nochmal zu rennen, so als würden wir dort fortwährend vor dem Tod davonrennen oder ihm hinterherrennen. Als Draufgabe denken sich die Ausbilder noch allerlei Abartigkeiten aus: vom manischen Rigorismus im Umgang mit Formularen, Berichten und unseren Unterschriften in allen möglichen Spalten bis hin zur höhnischen Missachtung elementarer Sicherheitsregeln. Entweder müssen wir stundenlang für dreißig Patronen anstehen und auf Dutzenden Papieren unterschreiben, oder man händigt uns ohne Nachweis oder Kontrolle Panzerfäuste aus, und keinen interessiert es, wer damit wo herumballert.

Beim Kriechen und Rennen ist es schon einfacher. Da gibt's nur deine Beine, den Rückenwind und deinen Herzschlag. Gut, wenn du ein gesundes Herz hast. Das Rennen wird für manche zur Hölle mit dem unvermeidlichen Ende im heißen Sand. Sie werden dann mit Wasser übergossen und in die San-Station gebracht, dort wird ihr ausgetrockneter Mund mit einem Herzmittel gefüttert. In einem solchen Fall ruft der Ausbilder:

»Ab zu den Zweihundert!* Scheiß drauf! Los, wir laufen weiter!«

Und wir laufen weiter. Ich denke an die Zweihundert. Naja, ihren Gesichtern und ihrem Alter nach zu urteilen, gehören die schon längst zu den Zweihundert. Sie wissen's nur noch nicht.

Wir kehren zu den Unterkünften zurück. Wir essen zu Mittag, dann ist Waffenreinigung angesagt. Um vier Uhr – Appell und weiterer Unterricht bis zur Dämmerung. Manchmal sind die Ausbilder zu faul, mit uns auf den Übungsplatz zu gehen, dann sitzen wir einfach in den Zelten. Schweißgebadet warten wir auf das Abendessen, stehen vor dem mobilen Kiosk Schlange, wo man – bis auf Alkohol – alles Mögliche kaufen kann.

Ich versuche zu lesen. Doch bereits in der ersten Woche im Ausbildungslager habe ich kapiert, dass ich das vergessen kann. Lesen geht nicht. Das Radio ist viel zu laut, die Hitze unerträglich, die neue Erfahrung und die ganze Situation sind emotional viel eindringlicher, als es irgendein Text sein könnte.

Abends verkrieche ich mich im Schlafsack. Die Nächte sind hier so kalt wie in der Steppe. Ich decke mich mit einer Extradecke zu. Jemand hat von irgendwoher einen Fernseher organisiert, der konkurriert nun mit dem Radiolärm. Einer beginnt, um Mitternacht Kartoffeln zu braten. Von draußen dringt die Streiterei zwischen Grenis* und Spähern herein, die Fünfzig-Watt-Lampe, die einsam von der Decke baumelt, blendet wie beim Verhör in der Lubjanka*. Ich wickle mir die Jacke um den Kopf. Versinke im Schlaf. Durch Dunst und süße Albträume versuche ich mein Sein hier zu analysieren. »Du Depp«, ärgere ich mich über mich selbst, »das wolltest du also! Du wolltest bei dem Spiel von Major Payne* und Alena Lefevra mitmachen, bei den Übungen und dem Drill bis zum Umfallen, Krieg bis zum Sieg, und als ruhmreicher Soldat aus dem Krieg zurückkehren? Du wolltest einer von ihnen sein? Du wolltest echten Patriotismus schmecken? Dann gewöhn dich dran! Pass dich an! Oder fahr zur Hölle!«

Sehnsucht nach dem Urlaubsschein

Die Rekruten im Ausbildungscamp teilen sich in jene, die zumindest für einen Tag von hier ausbrechen wollen, und jene, denen der ständige Aufenthalt am Truppenübungsplatz eigentlich recht ist. Erstere sind meist Soldaten mit Familie und Avatare, das heißt unheilbare Alkoholiker. Außerhalb des Truppenübungsplatzes herrscht das normale Leben, an das sie sich kaum mehr erinnern können, wie an eine ehemalige Geliebte, aber ihr Gedächtnis zwingt sie beim Wort Urlaub oder »Ausgang«, Erregung zu verspüren und nervös zu lachen. Zwei Tage, ein Tag, ein paar Stunden. In meinem Zug gibt es einen Mann, der zehn Stunden unterwegs war, um vier Stunden zu Hause zu verbringen. Dafür hat er seine Kinder und seine Frau gesehen, hat Milch getrunken und selbstgemachte Buletten gegessen.

Für manche ist selbst eine Fahrt nach Riwne Luxus, und das ist nicht weit. In der Stadt gibt es ein Café und einen Markt, Bankomaten und Supermärkte. Außerdem kann man in der Stadt trinken. Nicht das hiesige Gesöff, von dem man ins Krankenhaus kommt, sondern normalen, sauberen und – am wichtigsten – verhältnismäßig sicheren Wodka. Danach nimmt man halb ohnmächtig die Kostopil-Marschrutka*, ist mit Uniform trotz digitalem Tarnmuster mehr als auffällig und ignoriert die angeekelten Blicke der Passagiere. Wegen solcher Avatare geben die Kommandeure selbst ordentlichen Rekruten ungern Ausgang. Manchmal verwehren sie ihnen den Ausgang ohne Grund.

»Nein.«

»Wieso?«

»Ich habe Nein gesagt.«

Manchmal ist es auch umgekehrt: Ein gutgelaunter Offizier erteilt dem halben Zug Ausgang. Manchen einen Tag, anderen drei Stunden.

Den völlig Entwöhnten macht die Stadt Angst, begeistert, verwundert. Längst vergessene Gefühle kommen hoch, Nostalgisches, Halbvergessenes wird aus der Kindheit herangeweht. Nach drei Wochen im Feriencamp zwischen einem schmalen Fluss und einem Föhrenwäldchen kehrst du nach Hause zurück, gehst durch die Stadt, erkennst sie, erinnerst dich, dein Blick bleibt an Dingen hängen, die für dich besonders wichtig sind … Am meisten Verwunderung rufen Menschen in Zivil hervor. »Euch gibt es? Danke, wie angenehm, euch zu sehen.« Im Café gehst du aufs Klo und siehst dich zum ersten Mal seit Wochen im Spiegel. »Junge, bist du das? Hast du dich verändert.«

Während du durch die Stadt bummelst, musst du dich beherrschen, um nicht auf der Straße auszuspucken oder abwechselnd aus dem rechten oder linken Nasenloch auszuschnäuzen. Du erschrickst vor Fahrradfahrern und überquerst ängstlich die Straße. Du brauchst nicht viel: eine freundliche Kellnerin mit Plastikohrringen, zwei Tassen Americano, ein Sahnetörtchen, fünfzehn Minuten in der Buchhandlung, eine halbe Stunde im Park, freie Auswahl an Keksen im Supermarkt, ein halbes Kilo Erdbeeren, die beklemmenden Geräusche der Stadt. Das alles habe ich in Riwne gefunden. Nach Hause haben sie mich diesmal nicht gelassen.

Sie haben Angst, einen wegzulassen. Ein Sprichwort des Karpatenvorlandes besagt, dass man einem Hund nicht trauen kann. Sie haben Angst, dass du unterwegs jemanden zerstückelst oder erschießt. Oder vergewaltigst. Oder den Hund von jemandem isst. Oder dich am Denkmal eines bedeutenden Künstlers erleichterst. Oder betrunken zurückkommst. Oder überhaupt nicht zurückkommst. Wie Wowtschyk aus Werchowyna. Es heißt, er sei als Freiwilliger eingerückt. Die Leute scherzen, er sei aus den Bergen gekommen, um sich Streichhölzer zu besorgen, und wurde eingezogen. Er hatte nicht einmal einen Pass dabei, nur einen Ausweis der Försterei. Wowtschyk diente ordentlich, ohne Scheiße zu bauen, trank nicht. Dann bat er um vier Tage Ausgang, sein Vater war vierzig Tage zuvor gestorben. Wowtschyk kam nicht zurück, er hatte die Nase voll vom Militärdienst. Der Fall wurde an die Staatsanwaltschaft weitergegeben. Die Vorgesetzten bekamen Probleme, die Soldaten wurden der Komplizenschaft verdächtigt, Wowtschyk drohen bis zu fünf Jahre.

Oder ein anderer, ein neuer aus Luhansk. Ein ruhiger, angenehmer Bursche, der an Massensportveranstaltungen teilnahm. Er bat um Ausgang in die Stadt, verspätete sich, fand den Weg nicht, kehrte betrunken zurück, mit einer angebrochenen Flasche Wodka und Bier im Rucksack, stand vor unserem Zug, rechtfertigte sich, den Mund voller Speichel, die Traumata der Vergangenheit hätten sich wieder gemeldet, erzählte etwas vom Vater und einem frischen Schluck Freiheit.

Wieder ein anderer hatte die geniale Idee, im Supermarkt ein Deo zu stehlen, er wurde von der Polizei zurückgebracht …

Der Wunsch, sich zumindest für ein paar Stunden von hier loszueisen, verleitet viele dazu, zu mogeln, sich durchzulavieren, zu betrügen, zu schwindeln, sich einzuschmeicheln und zu bestechen. Ein Zugführer etwa nimmt nur noch Haushaltsgeräte.

Ein bisschen Zeit außerhalb des Übungsplatzes gibt Kraft, gibt die Möglichkeit, sich als normaler Bürger, also frei, zu fühlen. Die Armee will dich zu Zucht und Ordnung erziehen, aber anfangs sind das vergebliche Mühen. In einem Monat kann man niemanden umerziehen, niemandes Willen brechen oder fehlenden Willen kompensieren. Klar, mit der Zeit gewöhnen sich die Soldaten an alles. Finden sich mit den Umständen ab, integrieren sich ins System, werden zu einem Teil davon, einem schlechten, manchmal entbehrlichen, fallweise einfach überflüssigen. Sie sitzen vor den Zelten auf Bänken, rauchen, erzählen einander Anekdoten, denken besorgt an den Osten, hoffnungsvoll an die Rückkehr nach Hause, verzweifelt an den möglichen Tod. Aber nicht heute, nein, sicher nicht heute.

Dmytro

Dmytro oder Dima, wie er genannt wird, ist vierzig Jahre alt. Seine Familie wartet auf ihn in einer Siedlung im Gebiet Czernowitz. Er telefoniert jeden Tag mit seiner Frau. Dabei richtet er Grüße aus und schickt – für einen erwachsenen Mann irgendwie ein bisschen daneben – den Kindern »Bussi-Bussi«. Das jüngste ist fünf Jahre alt. Auch ihm richtet er Grüße aus. Zuweilen spricht er mit seiner Tochter, dabei wechselt die Tonlage von zärtlich bis humorvoll, doch manchmal auch streng und anweisend. Ich denke bereits drei Wochen darüber nach, ob ich mich mit ihm anfreunden soll. So richtig. Er gibt mir manchmal ein Stück Schokolade ab, hilft mir mit der Waffe oder mit Alltagstipps: wie man die Treter besser zuschnürt, wo man Bretter zum Ausbessern der Schlafpritsche bekommt oder womit man ein entzündetes Auge reinigen kann (wie aus Jux und Tollerei hatte ich mir hier eine Bindehautentzündung geholt). Ich war ihm natürlich dankbar für seine Aufmerksamkeit und erzählte ihm ganz offenherzig von meiner Familie, vom Leben in der Hauptstadt, von Menschen, denen ich begegnet war, von Trauer und Schmerz, von Wahrheit und Glück.

Jeden Morgen stand Dmytro um 5 Uhr auf und lief mehrere Kilometer um das Kiefernwäldchen. Er lief in den schwarzen Tretern. Er brachte mir bei, wie man sie weicher kriegt. »Sie werden geschmeidig wie die Stiefel von Jossif Wissarionowitsch*«, erklärte er. Aber als Dmytro meine Sommerstiefel sah, die ich mir auf eigene Kosten angeschafft hatte und die mindestens dreimal leichter waren als die Armeedinger, zuckte er nur mit den Schultern und meinte, ich müsse mir keine Sorgen machen.

Nach seinem Morgenlauf setzt sich Dmytro auf einen Hocker vorm Zelt, poliert seine Stiefel und zündet sich eine Zigarette an. Er raucht nicht viel, maximal zehn Zigaretten am Tag, aber mit Freude und genießt dabei jeden Zug. Er isst auch nicht viel. Wahrscheinlich braucht er bei seiner Größe von ungefähr einssechzig nicht mehr. Aber Dmytro hat immer Bonbons oder Hörnchen in der Tasche, und die gibt er den Jungs ab, die ihm sympathisch sind.

Ich kann mich gut mit ihm unterhalten. Er könnte mein Vater sein (obwohl er ihm überhaupt nicht ähnelt). Oder vielleicht eher wie ein älterer Bruder (den ich nicht habe). Dmytro aus Czernowitz. Der Czernowitzer Dmytro.

Manchmal nenne ich ihn scherzhaft Dima, eine Verkleinerungsform und vertrauliche Form von Dmytro. Er lacht.

Im Krieg zu sein, wird ihm leichtfallen. Eigentlich beginnt der Krieg bereits heute für ihn. Die dreißigste Brigade wird irgendwo in Richtung der Stadt Popasna in Marsch gesetzt. Es heißt, dort gebe es Unruhen. Aber er wird damit schon fertig. Und er kehrt bestimmt zu Frau und Kindern zurück. Und später wird er ihnen nie wieder Grüße senden müssen, denn er wird bis ins hohe Alter mit ihnen in der gleichen Straße in seinem Heimatdorf leben. So geht es oft. »Mein Vater und mein Großvater, Gott möge ihnen ein langes Leben schenken, leben nebeneinander, in angrenzenden Häusern«, sagt Dima. »Und in drei Straßen haben wir alle den gleichen Nachnamen.«

Viele wollten zur dreißigsten Brigade. Man hat eine Menge von ihr gehört. Eine soldatische Gemeinschaft, ein gut eingespielter Organismus, mit vielen Verlusten und noch mehr Heldentaten. Aber aus dem gesamten Nachrichtenzug wurde nur Dmytro ausgewählt. Und da steht er nun und packt seine Sachen in den Rucksack. Er gibt mir eine ganze Tüte mit Sauerdrops, bedankt sich zurückhaltend für meine Ordentlichkeit, wünscht mir ein treffsicheres Auge und einen klaren Kopf, er verspricht, sich zu melden, nimmt den Rucksack über die Schultern und packt seine schwarze Sporttasche mit der Rechten. Ohne sich umzudrehen, verlässt er das Zelt. Das war's. Ich bleibe allein mit den dreißig anderen zurück. Der Offz kommt und sagt, dass wir in zwei Tagen alle aufgeteilt werden. Sogar die Avatare und Schwachköpfe. »Und selbst die Schwulen«, fügt er aus irgendeinem Grund hinzu, womit er eine ziemliche Aufregung im Zelt verursacht. Alle Arten von schmutzigen Witzen folgen.

Wir warten. In einer Stunde müssen wir zu den abendlichen Schießübungen. Ich habe vergessen, dass ich meine Waffe heute schon gereinigt hatte und beginne, sie nochmal auseinanderzunehmen, und denke, dass ich Dmytro wahrscheinlich nie wiedersehen werde. Selbst wenn wir siegreich zurückkehren, werde ich ihn nie wiedersehen. So jemanden trifft man nicht zufällig in der Metro oder am Strand in Odesa. Einen wie ihn trifft man nicht auf dem Münchner Flughafen in den Gängen zwischen den Gates oder in einem Pendlerzug nach Nischyn.

Solche wie er kehren in ihre Dörfer in der Czernowitzer Region zurück, steigen auf einen alten Traktor, und arbeiten bis ins Rentenalter hart auf Feldern und in Gärten. Und solche wie ich werden niemals in ein Dorf reisen, um Leute wie ihn zu besuchen. So geht's im Leben.

Hajsyn also

Wer hätte sich gedacht, dass ich sie in drei Wochen liebgewinnen könnte. Liebgewinnen und annehmen. Wie man die eigenen Kinder annimmt, mit allen Fehlern und Sünden. Fast wie Verwandte. Es ist fast Liebe. Obwohl man diese Liebe zeitweise überprüfen musste. Zeit haben wir aber leider keine.

Wir sitzen im Zelt, geschwächt von Müdigkeit und Sonne, warten auf die »Käufer«, die uns in die Kampftruppen holen, uns in einen GAZ-66* oder Ural setzen und in unbekannte Steppen und an entlegene Checkpoints bringen würden. Aber plötzlich flattert, wie immer geschäftig, der stellvertretende Zugführer Kostja herein und nennt meinen Nachnamen.

»Du hast zehn Minuten. Mit deinen Sachen, zum Appellplatz. Neuntes Bataillon.«

Und sein »Mit-deinen-Sachen-zum-Appellplatz« klingt wie ein Urteil: zehn Jahre Freiheitsentzug ohne Recht auf Berufung.

»Und die da?«, nicke ich idiotisch in Richtung meiner Kyjiwer. »Sie kommen doch auch mit!«

»Die kommen nicht mit«, kichert Kostja und muss husten vom Rauch.

Und schon beginnt das Verabschieden. Niemals zuvor wurde ich so umarmt, wurde mir so die Hand gedrückt, und natürlich hat mir noch nie jemand gewünscht, lebend zurückzukommen … Andrij wünscht mir, »dort« mein Glück zu finden. Jura, ein Bauarbeiter aus Wynohradar, rät mir, unter keinerlei Umständen in Kriegsgefangenschaft zu geraten. Wasja sagt mir ein Treffen mit einer Zigeunerin voraus, das mein Leben verändern wird.

»Himmel, was für eine Zigeunerin, was für eine Gefangenschaft«, denke ich, während ich mit dem polnischen und meinem roten »Deuter«-Rucksack zum Appellplatz laufe, Sand in meinen Stiefel sammle und zum letzten Mal die sauren Gerüche der Küche einatme. Vor der Dienststube stehen Rekruten der sechsten Einberufungswelle herum. Über dem Truppenübungsplatz hängt die Hitze. Aus absurder Angst jetzt hier zum Spießrutenlauf geführt zu werden, rutscht mir das Herz in die Hose.

Die »Auserwählten« werden von einem jungen Fähnrich abgeholt, der sich noch nicht einmal rasiert. Er bringt uns mit dem Bummelzug zum Bahnhof in Riwne. In den Waggons drängen sich vierzig Soldaten, mischen sich unter die Datschenbesitzer.

Bei einer der Stationen steigen fast alle Leute aus, Plätze werden frei. Ich setze mich hin. Mir gegenüber macht es sich ein alter Mann bequem. Er trägt eine abgenutzte Uniform, auf dem Kopf eine Schirmmütze, Ganovenklamotten, an den Fingern hat er blaue Knast-Tattoos. Am anderen Ende des Waggons schlüpft ein Soldat, der aussieht wie ein Obdachloser aus den Zwanzigerjahren, aus seinen Stiefeln und platziert seine nackten, ungewaschenen Füße auf der gegenüberliegenden Bank. Er verzieht das Gesicht, aber das ist, wie ich meine, seine Art zu lächeln. Ein paar Soldaten stehen am Fenster und schauen mit traurigem Hundeblick in die ostwolhynische Landschaft. Die Abendsonne guckt zum Fenster herein. Aus den Körben der Datschenbesitzer duftet es nach Erdbeeren und Dill.

Am Bahnhof in Riwne schwärmen die Soldaten aus in die kleinen Läden und zu den Kiosken. Im Wartesaal hallen unsere Stimmen und sind kaum zu verstehen. Die ihre Handys aufladen wollen, stehen vor den Steckdosen Schlange.

»Wohin fahren wir, Herr Leutnant?«, frage ich in einem günstigen Moment.

»Hajsyn«, teilt er mir mit.

»Und wo ist Ihr Bataillon stationiert?«

»In Hajsyn und Partysany.«

Ich öffne Google Maps. Wo Hajsyn liegt, weiß ich. Partysany befindet sich im Norden des Gebiets Cherson.

Na gut, dann also Hajsyn. Nicht die Wiege der Kosaken, aber seinerzeit erhielt die Stadt das Magdeburger Recht. Die Wiege der Kosaken ist Tscherkasy, nein, doch nicht, aber es erlebte auch seine guten Zeiten.

Bis zur Abfahrt des Zuges bleiben vier Stunden. Ich sitze im Wartesaal und trinke Kefir. Eine Flasche, dann noch eine. Wovon ich in all den Tagen zu wenig hatte? Von Kefir natürlich. Mehr als genug dagegen hatte ich vom Schießen am Übungsplatz, von den mitternächtlichen Appellen und den Geländemärschen, den immer selben Anekdoten und Stunk im Suff, von den Radiosendern, die russische Popschnulzen rauf und runter spielten, vom Sodbrennen, unter dem ich zum ersten Mal seit vielen Jahren litt. Kefir aber hat mir wirklich gefehlt. Wie den Seefahrern im Mittelalter das Gemüse.

Ich gehe hinaus, um zu rauchen. Die Sonne ist schon hinter dem Bahnhofsgebäude untergegangen. Zwischen den blauen Telefonzellen auf der anderen Seite spazieren träge Stadttauben auf und ab. Neben den Marschrutkas stehen die Fahrer herum, alle in ähnlichen Poloshirts. Ein Mann kommt auf mich zu, er sieht aus wie ein junger Taxifahrer. Seine Stimme ist weich, er fragt mich über den Militärdienst aus, gibt offen zu, dass er nicht den Mumm hat, sich zu melden. Er biete an, mir wenigstens Zigaretten zu kaufen. Ich höre zu, beantworte gewissenhaft seine Fragen, die Zigaretten lehne ich ab.

Ein paar Dutzend Meter weiter bemerke ich einige von den Unsrigen. Schnapsleichen. Dabei hatte uns der Fähnrich doch angefleht, nicht zu trinken, und dabei fast geweint. Die Betrunkenen schaffen wir schließlich in den Wartesaal. Ich kaufe mir noch einen Liter Kefir. Für später.

Die Ankunft unseres Zuges wird durchgesagt.

Angeblich gibt es in Hajsyn eine Molkerei.

Dreißig

Nach einem Tag in Hajsyn bekomme ich Urlaub, um nachhause zu fahren. Aber anderthalb Tage später ruft Fähnrich Selenyj an und befiehlt zurückzukommen: Wir brechen in die mythische Stadt namens Partysany auf. Doch dann kommt eine weitere unerwartete Wendung: Ich habe unvorsichtigerweise zu viel kalten Kwas getrunken und plötzlich hohes Fieber. Im Sanbereich wird es konkret: knapp unter 42 Grad, Verdacht auf akute Angina.

»Na, bleibst du hier? Mit so einem Fieber bringt dich keiner nach Partysany«, meint Sascha, der Arzt, ein massiger Kerl von etwa fünfundzwanzig Jahren.

Um ehrlich zu sein, große Lust nach Partysany zu fahren, habe ich nicht, aber noch weniger möchte ich mit den Fähnrichen und dem Offizier vom Dienst in Hajsyn zurückbleiben und dann auf eigene Faust diese verfluchte Stadt Partysany und meinen Zug suchen, der dort dann schon zwei Wochen Dienst schiebt.

Also schreibe ich eine Meldung, dass im Falle meines Todes kein anderer als ich selbst die Schuld trägt, ich bekomme drei Kilo Pillen, die ich vorschriftsgemäß schlucken soll, und in den Hintern einige Spritzen mit Schmerzmittel, am nächsten Morgen breche ich mit unverändert hohem Fieber in einem der drei Uraltbusse nach Partysany auf.

Mein Weg ist mein Schmerz. Mein Schmerz ist mein Problem. Außerdem habe ich schon Meldung gemacht. Alle zwei Stunden schlucke ich Paracetamol und sprühe mir etwas in den Rachen, das so seltsam riecht, dass mich meine Mitreisenden schief anschauen. Von Zeit zu Zeit umarmt mich das Vergessen: Ich schlafe entweder ein oder werde ohnmächtig.

»Gott«, sage ich und wende mich dabei weniger an Gott als an meine innere Stimme. In zehn Stunden werde ich dreißig, ich fahre zu einem Ort namens Partysany im Süden des Landes, das ist wahrscheinlich ein elender Checkpoint am Ende der Welt mit Schlangen und flinken Steppeneidechsen.

Ich bin jetzt mein eigener Arzt, und im Falle meines Todes liegt da eine Meldung mit meiner Unterschrift.

Von Zeit zu Zeit stoppen wir, die Motoren kochen und müssen gewartet werden. Wir sitzen lange im Schatten der Weiden am Straßenrand, schmeißen Zigarettenstummel und leere Flaschen ins hohe Gras. Wir bekommen die Militärtrockenrationen »Visit«, und ich verstehe endlich, was das ist und warum es niemand isst.

Fliehen! Ich beginne über Flucht nachzudenken. Aber mit dem Fieber schaff ich's höchstens ins nächste Spital. Ich schlafe wieder ein, tauche in die brütende Hitze, schnappe nach Luft wie ein Fisch auf heißem Asphalt. Ich wache auf, weil mich jemand schüttelt.

»Cherson!« höre ich: »Cherson.«

In dieser Stimme liegt so viel Freude, als würden wir durch den Grand Canyon fahren und dies wäre die einzige Chance, das Naturwunder zu sehen.

»Ich bin aus Cherson!«, fügt die Stimme hinzu.

»Freut mich für dich«, sage ich zu mir selbst und versinke wieder wie im heißen Sumpf, immer tiefer, dann segle ich durch butterweiche Wolken, durch einen Nebel aus Sand hinab bis auf den Grund des Bewusstseins, von wo aus es kein Zurück und keine Vergebung gibt.

An einem Checkpoint wache ich wieder auf. Es ist Nacht. Autoscheinwerfer blenden, schwarze Schatten huschen um die Busse, unser Major lacht laut und lässt einen Pysdarenko grüßen – sicher ein Deckname, denke ich.

Wir fahren weiter. Ich falle wieder in Schlaf, eher in einen Halbschlaf, denn ich kriege die zunehmende Anspannung im Bus mit.

»Wir sind zuhause!«, ruft einer der Offiziere. Das Tor öffnet sich, und wir fahren auf das Gelände eines riesigen ehemaligen Getreidespeichers.

Ich komme in einem eilends aufgebauten Zelt wieder zu mir. Meine Sachen liegen beim Eingang. Ein hochgewachsener und Disziplin ausstrahlender Fähnrich der hiesigen

Einheit befiehlt uns, anzutreten. Auf der Uhr ist es sieben Uhr morgens.

Wir werden in Züge eingeteilt. Ich werde mit fünf anderen Soldaten von einem Kerl namens Serjoscha mit dem Spitznamen Kazo mitgenommen. Auf dem Weg zur Kaserne teilt er uns mit, dass Schnaps und Diebstahl gnadenlos bestraft werden. Ich falle vor Erschöpfung fast um. Ich beziehe ein Bett und begrüße rasch die andern aus dem Zug. Zehn Minuten später werden wir wieder nach draußen geführt, um den Volontären zuzuhören, die extra einige Kilometer gefahren sind, um für uns zu singen. Ich versuche, etwas Schatten zu finden, aber an diesem Ort gibt es so etwas im Prinzip nicht, und so setze ich mich ins zertrampelte Gras. Drei ältere Kerle in zerschlissenen Feldjacken singen Lieder der Afghanistan-Veteranen. Ich schwanke wie ein Schiff auf hoher See. Ich höre den Chor der Zikaden im Hintergrund singen. Ich versuche aufzustehen und in Richtung der Kaserne zu gehen, aber meine Beine versagen mir den Dienst. Bei der Textstelle *Und er ging/ sah nicht den ersten Frühling/ kehrte nach Hause zurück im Zinksarg* kippe ich um und höre über mir die Stimme von Serjoscha »Kazo«: »Sani!!!«

»Herzlichen Glückwunsch zum Geburtstag, Kumpel. Hättest dir wohl nicht träumen lassen, so den Dreißiger zu feiern, was?«

Milieuunverträglichkeit

Ich brauche stets lange, um mich in ein neues Kollektiv einzuleben. Mit Müh und Not, könnte man sagen. Meist ist mein Platz in der Ecke, hinter den Gardinen. Dort sitze ich. Und beobachte. Vielleicht denken alle, ich hänge ständig im Internet, bei Facebook, über den Nachrichten, aber nein. Ich beobachte, studiere und analysiere. Ich wähle meine Freunde im Dienst. Ich wähle die, die mir das Leben retten könnten.

Ich weiß noch, wie schwer es für mich war, zu den Arbeitern zu gehen, die im Hof unserer Datscha ein Loch bohrten, und ihnen freundschaftlich Kaffee und belegte Brote anzubieten. Was sollte ich sagen? Wie würde ich auf sie wirken, mit meinem korrekten (erlernten) Ukrainisch, in orange-weißen Adidas und hellblauem Pulli?

»Hey, Jungs! Wie geht es voran? Kaffee gefällig? Welchen Käse bevorzugt ihr auf euren Broten, Gouda oder Emmentaler? Herrliches Wetter heute, nicht wahr?«

Das klingt wie bei Dowlatow*. »Ich erinnere mich, dass ich etwas Unsinniges rief. Etwas furchtbar Intelligentes: ›Maestro, Ihr vergesst Euch!‹«

Bei einfachen Jungs und Männern aus dem Arbeitermilieu stoße ich in der Regel auf Ablehnung, klassenbedingten Argwohn, zusammengekniffene Augen.

In Wahrheit bin ich selbst ein einfacher Mensch und liebe das Einfache. Manchmal kann ich auch schimpfen. Manchmal schimpfe ich nur. Ich kann fünfzig Gramm kippen. Kann auch Kartoffeln mit Speck essen. Kann über Tschaadajew* und Herzen* sprechen.

Deshalb sitze ich da und beobachte. Ich kann lange so sitzen. Auch einen Monat. Bis ich weiß, dass diese oder jene nichts gegen Tschaadajew und Herzen haben.

Ein neues Milieu bedeutet Wachsamkeit und auf dich gerichtete Blicke. Das ist nicht nur klassenbedingter Argwohn, das ist Argwohn im Allgemeinen. Allumfassender Argwohn, auf der Ebene von Leben und Tod. Wie können sie sicher sein, dass du, der Leise und Ruhige, nicht in der Nacht dein

Magazin in ihre Richtung verballerst? Dass du deine Flinte nicht beim ersten Beschuss ins Korn wirfst? Vielleicht bist du gar ein Separo*?

Wen suche ich? Wen angle ich mir, als wäre ich ein Fischer am Teich? Einen Freund? Einen Seelenverwandten? Einen Menschen, dessen Witze ich verstehe? Einen Menschen, dessen Wortschatz nicht seine kriminelle Vergangenheit verrät? Ich bin pragmatisch bei meiner Suche. Ich brauche Schutz. Ich brauche Vertrauen. Vielleicht Erfahrung. Wen sonst braucht man an seiner Seite?

Ich kenne sie nicht. Diese achtundzwanzig Helden Panfilows*. Diese sechsundzwanzig Baku-Kommissare*. Diese Dreiunddreißig mal Unglück*. Ich sitze nur und mustere sie. Wem kann ich mein Leben anvertrauen, wessen Kinder will ich taufen, wessen Rückzug werde ich decken.

Auch sie mustern mich. Und offensichtlich nerve ich sie unglaublich. Weil ich am Handy hänge, weil ich ständig rauche und Kaffee trinke, weil mein Ukrainisch korrekt (erlernt) ist. Das nennt man milieubedingten Argwohn. Aber nach den ersten fünfzig Gramm vergeht alles, und natürlich nach Kartoffeln mit Speck. Speck bringt die Leute zusammen. Soll mal jemand etwas anderes behaupten.

Jemand anders

Solche Kleinstädte kenne ich nur vom Durchfahren. Irgendwo auf der Krym, zwischen Bachtschysarai und Simferopol, fügen sie sich wunderbar in die Landschaft ein. Es fällt zunächst schwer, das trockene Gras unter dem Zaun und die gelben Häuser aus Kalkstein zu erkennen. Aprikosen, Heckenrosen, eingebuddelte Autoreifen, trockene Erde, ein mit schwarzer Plane abgedeckter Schuppen, ein kaputter Kühlschrank »Minsk« unter einem Vordach aus Schieferplatten.

Unser Bataillon befindet sich auf dem Gelände eines verlassenen Getreidesilos. Es gibt eine Menge Schlangen und Schnecken hier. Die Schnecken sind riesig, so groß wie Walnüsse; die Schlangen sind klein und wellenförmig. Gegenüber dem Getreidesilo stehen eine Kirche und eine Moschee. Manchmal kommen Kinder ans Tor und rufen: »Slawa Ukrajini«* und bitten um Geld.

Wenn ich nicht zur Wache eingeteilt bin, gehe ich um 21.30 Uhr ins Bett und wache um 5.30 Uhr auf. Um 6.00 Uhr ist Weckruf für alle, und so habe ich eine halbe Stunde Zeit in absoluter Stille. Dreißig Minuten ohne Geplärr und laute Gespräche der anderen Soldaten. Stille ist für mich Mangelware und eine Art Delikatesse geworden. Ich bekomme sie nur in homöopathischen Dosen, genieße jede Sekunde, lutsche sie langsam wie Schokolade oder Parmesan.

Persönlichen Freiraum zu haben, ist eine wichtige Gewohnheit. Die Umgebung nicht länger zu hören, ist eine Fähigkeit, die sich erst über Wochen hinweg entwickelt. Und unter der dröhnenden Geräuschkulisse der Kompanie zu schlafen, ist die höchste Kunst. Lesen kann ich jedoch nur, wenn es ruhig ist, und so habe ich in fünf Wochen nur anderthalb Bücher gelesen.

Eigentlich gäbe es mehr als genug freie Zeit, und dennoch ist Lesen Luxus. Selbst das Schreiben fällt mir leichter, weil es eine andere Art der Konzentration ist. Deshalb habe ich heute gerne eingewilligt, die Wache zu übernehmen. Die Wache ist die Chance mit seinen Gedanken allein zu sein. Ein paar zusätzliche Stunden der Stille und der Konzentration auf mich selbst und damit die Aussicht, am Stück ungestört zu schreiben und ungebremst nachzudenken.

Ich bin zusammen mit Edik eingeteilt. Er wird heute fünfundvierzig Jahre alt. Nachts klagt er über sein Schicksal, redet über das Leben und dass alles scheiße sei. Er spricht über seine Frau, die Feinde, und murmelt etwas über die Scharfschützen – alles in allem kommt das Gequatsche wohl vom Schlafmangel.

Dann kommt Mischa. Ein paar Stunden lang erzählt er mir vom Leben eines Verladearbeiters auf dem Kyjiwer Markt »Jugend«, und dass es nun unmöglich sei, in Kyjiw gute Arbeit zu finden. Auf eine Stelle als Sicherheitsmann im Supermarkt »Fora« kommen zehn Bewerbungen.

Seine Probleme interessieren mich nicht, also drehe ich mich um und gehe auf Streife, um in der Dunkelheit herumzulaufen. Zu dieser Zeit, wenn alle noch schlafen, läuft man umher, tritt auf Maulbeeren und Schnecken und kann unglaublich frei atmen. Das liegt daran, dass man eine Befreiung vom eigenen Leben spürt. Oder anders, man sieht sein Leben als das eines anderen. Es hat etwas Abartiges, etwas Krankhaftes an sich. Als würdest du alles auf einen Blick erfassen – dein Verhalten, die Motivation deines Handelns, alte Gewohnheiten, die du an die neuen Umstände anpasst, und doch bist nicht du es, der das beobachtet, sondern ein anderer, dessen Leben du lebst.

Die andere Sache, an die ich denke, ist der Schlaf. Es gibt nichts Schöneres, als an den Schlaf zu denken: Wenn die Wache vorbei ist, wirst du Taktikweste und Stiefel ausziehen, in die obere Etage des Stockbetts klettern und einschlafen.

Es dämmert bereits, es bleiben vielleicht noch zwanzig Minuten Wache. Die Wachablösung taucht früher auf und lässt dich gehen, meint, du solltest dich ausschlafen, warst ja die ganze Nacht auf den Beinen.

Und ich gehe, ziehe die Uniform aus, die Stiefel, sichere meine Waffe, klettere ins Bett – und kann nicht einschlafen. Heute ist Sonntag, und der Glöckner der orthodoxen Kirche beginnt mit dem kanonischen Läuten. Vielleicht gratuliert er Edik zum Geburtstag. Oder mir, dem Außenseiter hier, in diesem gottverlassenen Winkel in der glorreichen Stadt der Partisanen.

Das Camp

Wir fahren auf das Gelände eines verlassenen Ferienheims. An der mit Gras überwachsenen Allee ragen trockene Betonskelette von Gebäuden ohne Fenster und Türen empor, sie erinnern an die postapokalyptischen Häuser von Prypjat. Irgendwo hinter den Campgebäuden und dem Eibenwäldchen, dem Wacholder und den Hagebutten liegt das Asowsche Meer. Vom Ufer aus sieht man die Arbat-Nehrung und die Insel des Nationalparks Asow-Sywasch. Zwei Kilometer weiter nördlich liegt das Dorf Frunse, genauso armselig und von Armut zerfressen wie die meisten Siedlungen hier.

Das Camp. Unser neues Zuhause, die farblose Bastion der 1. Sturmkompanie. Wir schwärmen in die Gebäude aus und beziehen die Zimmer. An den unpersönlich beigen Wänden befinden sich Reste von Kinderkunst: Zeichnungen, aus Papier ausgeschnittene Herzen und Sterne, mit Bleistift geschriebene Bekundungen ewiger Freundschaft und unsterblicher Liebe. Wir tragen Betten und unsere Sachen hinein, schaffen zerbrochene Fliesen und Beton hinaus, kehren den Dreck weg, richten die Feldkabel des Generators. Die Strafniki heben Klos und Senkgruben aus. Einheimische kommen auf Mopeds, sehen sich um, schließen Bekanntschaft mit uns, versichern, dass sie der »neuen Kyjiwer Herrschaft« gegenüber loyal seien, sie bieten an, Essen und Alkohol zu bringen, und wer will, den bringen sie zu den Mädchen. Sie raten uns, geschlossene Schuhe zu tragen, denn Ottern gebe es hier mehr als auf der Schlangeninsel.

Direkt vor den Gebäuden liegt ein riesiger Süßwassersee. Der Wächter erlaubt uns zu fischen. Nur mit Angeln. Ohne Sprengsätze.

Eine neue Etappe beginnt. Es hat den Anschein, als gehörten wir nur uns selbst, als hätte, abgesehen von unserem Bataillonskommandeur, niemand in der Militärführung einen blassen Schimmer, was und wo wir sind.

In den ersten Tagen bringt einer der Offiziere seinen Sohn ins Camp, einen zehnjährigen Jungen. Die Kompanie teilt sich nach Interessen. Die einen verschwinden stundenlang zum Fischen, die anderen nach Frunse. Andere suchen Asowsche »Heilerde«, das ist Schlamm aus dem Liman, der sich vor lauter unbekanntem Getier nur so windet, sobald man ein bisschen davon auf die Hand nimmt. Abends veranstalten wir Schlangensafaris. Es gibt Hunderte. Gegen Abend kommen sie zum Jagen heraus, vernichten Spinnen und Nacktschnecken, zerstören Vogelnester, schlängeln sich in unsere Küche und vernaschen die Essensreste. Mit den Schlangen ist man besser vorsichtig. Jeder Klobesuch kann der letzte sein. Ihre Länge ist beeindruckend, bis zu einem Meter, oder auch mehr. Manchmal klettern sie auf die Mauern der Gebäude, um ihre kalten Körper zu wärmen, hängen dabei wie tropische Lianen herab.

Krieg und Militärdienst geraten in Vergessenheit, und plötzlich verspüre ich ein Gefühl von Leichtigkeit und Glück, als wären diese Asowsche Hitze, die Sonne, die Spiegelkarpfen im See, die Untätigkeit und Schläfrigkeit eine Verlängerung unseres Urlaubs auf der Krym im vorletzten Jahr. Hier werden alle von einer leeren, emotionalen Schwerelosigkeit gelenkt, und die Gedanken sind wie im Äther, irgendwo weit über den Wolken, wo die Götter Feigen und Weintrauben genießen und dazu starken Massandra-Wein trinken.

Die Waffe scheint nur Schmuck zu sein, der uns wie ein Paradesäbel umgehängt wurde. Und die nächtlichen Wachen werden zum Abendessen, das fließend ins Anrauchen der Wasserpfeifen übergeht und in lange, bis zum Morgen dauernde Gespräche über die Ewigkeit, bis die Sonne über dem Donbas aufgeht und Leonidowytsch, der Kommandeur des vierten Zugs, zum Frühstück ruft.

Krieg ist uninteressant

Krieg ist uninteressant. Selbst wenn man uns sagt, dass wir in einer Woche an die Front gehen, sind wir nicht sonderlich interessiert und reden kaum darüber. Schießübungen – na klar. Sich mit einigen Strategien vertraut machen oder einfach Gewichte stemmen – immer gerne. Aber wir haben keine Lust, über den Krieg zu reden. Zweifellos geht jedem von uns dieses oder jenes Szenario durch den Kopf, wir checken und füllen unsere Erste-Hilfe-Päckchen und -Kästen, Stück für Stück, und es ist nicht ausgeschlossen, dass einige an ihr Testament denken.

Unser Bataillon ist so sommerlich leicht und locker ausgerüstet, dass wir als Guerilla-Einheit durchgehen könnten. Nicht alle Soldaten haben richtige Uniformen, die meisten haben seit eineinhalb Monaten keinen Sold mehr erhalten, bis zum nächsten Geschäft sind es zwei Kilometer, Zigaretten sind eine harte Währung. Die Familien sind zuhause geblieben, aber ihre Probleme reisen den Soldaten hinterher: Geldsorgen, Krankheiten, Affären. Einige lassen sich sogar in Abwesenheit scheiden. Kurz und gut, der Krieg ist uninteressant. Und doch sind wir bereit zu kämpfen. Sogar barfuß. Hauptsache man schickt uns schnell dorthin. Die Warterei ist unerträglich und nervig. Alle spüren die Gefahr, die hinter uns herschleicht wie ein treuer Hund, und doch versuchen wir sie scherzhaft, sorglos zu nehmen. Es kommt, wie es kommt. Und wenn ich verrecke, dann verrecke ich. Hauptsache es gibt genug Zigaretten. Und Aufgießnudeln.

Krieg ist uninteressant. Die Geschichten derer, die von ihm schon heftig geküsst wurden, sind genauso alltäglich wie Geschichten über Verflossene. Die Soldaten interessieren sich eher für ihre finanziellen Probleme. Einige fangen an, Altmetall zu sammeln: Armaturen, Bleche, rostigen Draht. Es heißt, an der Front sei die Versorgung besser: Dort helfen Volontäre. Wasser, Zigaretten, Blutgerinner, neue Latschen, vielleicht sogar ein Reflektorzielfernrohr. Und solange man noch die Chance hat, sollte man angeln gehen oder sich tätowieren lassen oder die Kurzgeschichte fertig schreiben. Solange wir noch die Chance, Zeit und Lust haben. Soldaten interessieren sich nicht für Krieg und noch weniger brauchen sie ihn. Ebenso wie ihre Familien oder die Bewohner des Donbas, die Passanten in den Großstädten, die Taxifahrer in den Provinzstädten, die Bauern im Gebiet Cherson, die Fischer in Odesa, die Hirten in den Karpaten, die Elektriker in Riwne, die Lehrer in Nischyn, die Chemiker in Tscherkasy … Also wen interessiert dieser Krieg? Und vor allem, wem nutzt er?

Imitation

Lasurne im Gebiet Cherson.

Man hat uns fünf Büchsen Dosenfleisch und zwei Laib Brot dagelassen.

»Objekt bewachen, euch selbst bewachen, Munition bewachen«, hatte der Bataillonskommandeur gesagt.

»Verstanden.«

Wir werden von Leutnant Edem empfangen.

»Ist das ein Tarnname?«, fragen wir.

»Nein, ein Vorname.«

Edem ist ein Zeitsoldat mit kindlichem Gesicht ohne Augenbrauen und mit rötlichen Geheimratsecken.

»Was müssen wir also tun?«, fragen wir noch einmal bei Edem nach.

»Ihr dürft euch nicht betrinken, das ist das Wichtigste«, bittet er. »Naja, Wache schieben. Die dreihundert Quadratmeter hier gehören euch.«

Die vor uns hier stationiert waren, haben nur ihre Alkvorräte bewacht, habe ich den Eindruck. Sofern sie welche hatten, natürlich. Sofern sie überhaupt das Verlangen nach irgendwelchen Vorräten hatten. Unsere Herangehensweise an die Aufgabe ist verantwortungsvoll und ein wenig theatralisch: Wache, komplette Ausrüstung, vollständiger Munitionssatz. Im Fall des Falles: bäuchlings auf den Boden. Einige von uns denken, das ist die Lösung jeden Problems. Obwohl meiner Meinung nach nicht alle Probleme auf diese Weise gelöst werden, manchmal werden sogar neue geschaffen.

Wir stehen auf der Scheiße, also neben der Kläranlage. Stündlich fahren Abwasser-LKWs an unserem Container vorbei. GAZ-53 mit bauchigen, grauen Tanks bis obenhin voll mit Scheiße, wirbeln Staub auf, nerven, machen einen fertig. Woher so viel? In diesem kleinen Städtchen? Klar doch, Feriensaison, Melonen, Tschebureky*, junger Wein …

In der Nacht hängt der beißende Geruch von Exkrementen in der Luft. Tagsüber schmilzt uns die Hitze das Hirn, die Fliegen nerven bis aufs Blut. Die heiße Luft wabert wellenartig über der Steppe, wie über einer Gaskochstelle. Eine schläfrige Stimmung hat unsere gesamte Abteilung fest im Griff. Untertags rettet uns kaltes Baikal-Bier, abends Schyhuliwske-Bier.

Spezial-Reserve bedeutet, dass sie mit uns Löcher stopfen. In Gruppen zu fünf, sechs, zwanzig Leuten. Objektbewachung, Sicherung von Positionen im Hinterland, Imitation des Militärdiensts. Die Männer drängen in den Osten, an die Front. Als Reserve herumzusitzen ist peinlich, Zeit mit Nichtstun zu verschwenden, ist dumm. Manche denken sich die Front einfach hierher, lassen sich von ihrem inneren Schmerz lenken, missachten die örtliche Bevölkerung und haben kein Verständnis für die Zivilisten. Vielleicht gibt es einen Grund dafür. Wahrscheinlich gibt es für alles Motive. Diese »Matratzenmenschen« kennen den Krieg nicht, sie haben nie die Leichen von Frauen und Kindern gesehen, nie das Pfeifen von Minen gehört. Unter uns sind jene, die den Krieg bereits in vollem Ausmaß erprobt haben. Für sie ist es besonders schwierig.

Dreihundert Meter von unserer Stellung entfernt liegt die Uferpromenade. Dort gehen von der Sonne erhitzte Urlauber spazieren, in patriotischen T-Shirts, mit Kindern, Geliebten, angeheitert von den billigen Cocktails der Bars. Der Markt geht fließend in den Strand über, der stark frequentiert und schmutzig ist. Aus dem Sand gucken Shrimpsköpfchen, Bierdeckel und fettige Verpackungen. Beim Anblick der vielen hässlichen, entblößten Körper kommt mir das morgendliche Dosenfleisch hoch. Weg von hier, nur weg …

Wir stehen auf der Scheiße. Rings um uns Steppe und Skelette nicht fertig gebauter Ferienheime. Vertrocknete Getreidestoppeln stechen durch die Crocs. Langeweile, Hitze, Reserve. In einer Woche haben wir kein einziges Mal im Meer gebadet, dafür stellen wir uns jede Nacht während der Schicht ungemütliche Fragen: Wozu sind wir hier? Hat man uns tatsächlich unseren Familien entrissen, aus Schächten, Nachtclubs, Fabriken, von den Feldern geholt, damit wir dreihundert Quadratmeter Steppe bewachen? Wieso müssen wir neben Zeitsoldaten sitzen, deren Dienstzeit sich in Geld konvertiert?

Klar, die Kommandeure beruhigen uns: Ihr werdet schon noch kämpfen. Ende August. Oder im September. Bis dahin seid ihr hier. Sammelt Kräfte, die werdet ihr noch brauchen.

Die Tage vergehen langsam, so langsam fließt das Wasser im See. Tagsüber Shorts und Rudershirt, nachts Uniform und Taktikweste. Endlich wird ein Teil unseres Lohns gebracht: Auf dem Tisch tauchen Gemüse, Kräuter und Eier auf. Außerdem eine Schachtel mit Keksen von den Volontären, Kaffee und Tee von Freunden. Die Kirschpflaumen sind reif. Die Zeitsoldaten haben Fisch gebracht, wir werden Fischsuppe kochen. Holz für das Lagerfeuer kommt von einem umgestürzten Sanddornbaum. Wir hören angesagte Jazzstandards, Rap, Wyssozki*, Nowikow*. So üben wir unseren Militärdienst aus, imitieren ihn.

Von der Uferpromenade dringt Disko-Lärm zu uns herüber, über dem Feuer köchelt die Kascha*, ein heißer Luftzug spaziert durch unseren Waggon. Langsam geht die Sonne hinter dem Hügel unter, der uns von der Kläranlage trennt. Die Mücken surren, die Fliegen geben keinen Frieden. Wir liegen auf den Betten und träumen vom Ende des Sommers. Dieses für uns alle so neuen Sommers, der einem Schlaf gleicht, einem langen Winterschlaf.

Ein grüner chinesischer Traktor

Den dritten Tag in Folge werden wir von einem Ort zum anderen in der südlichen Steppe verlegt. Ohne Ziel. Ohne Erklärung. Wir kommen an einen Ort, hängen dort eine Weile herum, und weiter geht's zum nächsten. Und das schon fünfundsechzig Stunden am Stück.

Der mit Ausrüstung und persönlichem Kram vollgepackte Bus Etalon mit dem Spitznamen Ukrop* taumelt durch die Kurven und hält von Zeit zu Zeit an, damit der Motor nicht zu kochen anfängt. Wir steigen aus, um zu pinkeln, zu rauchen oder um uns in den örtlichen Buden mit Energydrinks oder leicht alkoholhaltigen Getränken einzudecken. Heute haben wir das Askanija-Nowa-Naturschutzgebiet bereits zweimal durchquert. Wir nahmen Abkürzungen über Felder mit Melonen und Wassermelonen. Auf einem dieser Felder gab der Motor den Geist auf. Dicker weißer Rauch stieg aus dem Kühler. Ein einsamer Wanderfalke querte den klaren Himmel. Die Bewässerungsanlage schob sich langsam über das Feld.

Der Bauer, der einen Bus voller Soldaten auf seinem Feld sah, wurde neugierig. Er fuhr mit einem grünen chinesischen Traktor mit der Geschwindigkeit eines Quads.

»Hallo, Jungs«, begrüßte er uns auf Russisch. »Wofür kämpfen wir?«

»Für den Arsch deines Hundes«, antwortete einer der Soldaten und schüttelte Wassertropfen auf die heiße Erde.

»Das meine ich auch«, sagte der Bauer und wurde sichtlich nervös. »Und trotzdem?«

»Für dich, du Przewalski-Hengst«, sagte ein anderer.

»Aber hier ist kein Krieg«, ließ der Bauer nicht locker.

Er hatte eine Glatze und eine rötliche Visage wie ein irischer Seemann.

»Gleich gibt's Krieg«, entgegnete der Feldwebel scharf. »Willst du? Kannst ihn haben, Hurensohn. Du kannst den Weg nach Mykolajiw auf allen vieren laufen. Verstanden?«

Der Bauer schwitzte sichtlich, und seine Augen funkelten vor Angst und Hass. Er richtete sich ganz auf wie unter dem Druck verzweifelter Wut. Er spuckte lauthals aus, wie um seine Furchtlosigkeit zu beweisen, drehte sich um, setzte sich in den weichen orangefarbenen Sitz seines Traktors, fuhr ein paar hundert Meter weiter, da hielt er an und beobachtete uns aus sicherer Entfernung.

Nach einer Weile war das Problem mit dem Motor behoben, und wir fuhren weiter, aber nach zweihundert Metern hielten wir wieder an. Ein Wassermelonenfeld begann. Riesige Wassermelonen lagen verlockend nah an der Straße. Ein paar Soldaten sprangen aus dem Bus, sammelten sie schnell ein, warfen sie auf Matratzen und Rucksäcke im Bus.

Der Bauer beobachtete unser Treiben aus der Ferne. Er stand mitten auf der Straße und verschränkte die Arme vor der Brust. Er würde es nicht wagen, uns aufzuhalten. Er schaute schweigend zu, kochte vor Wut und Selbstmitleid. Ich bedauerte ihn. Der Mann war sichtlich aufgeregt und beunruhigt. In seinen Adern floss Melonensaft, und die weiße Sonne von Cherson brannte auf seinen kahlen Kopf. Ich fand es schade, dass wir uns nicht verständigen konnten. Die Soldaten mit der ihnen eignen Grobheit und der Bauer, der so unpassend und ebenso grob fragte, wofür wir denn kämpfen. Natürlich nicht für den Arsch seines Hundes. Und nicht einmal für ihn, den Przewalski-Hengst selbst. Und es versteht sich von selbst, dass es in und um Cherson keinen Krieg gibt. Dafür gibt's Wassermelonen. Und einen feigen Bauern auf seinem grünen chinesischen Traktor mit einem Nummernschild, das mit AN beginnt.

Schreib, Tschech!

»Tschech, schreib!«

»He Tschech, was guckst du Löcher in die Luft?«, fragt Sanja, mein Kumpel und Kommandeur der Einheit.

»Was soll ich machen?«

»Geh ins Zelt und schreib dein Buch. Das ist ein Befehl.«

Mir wurde plötzlich klar, wie viele auf ein Buch von mir warteten. Die Kameraden, einige der Kommandeure und auch diejenigen, die die Armee bereits hinter sich hatten. Ihre Erwartungen und meine Verantwortung. Die Sorge, sie zu enttäuschen. Die Befürchtung, den Erwartungen nicht gerecht zu werden, etwas zu übersehen, jemanden zu vergessen, hier nicht deutlich genug zu sein oder dort etwas zu übergehen.

»Schreib was über die Abfucke hier«, schlägt Kazo vor. »Schreib's nur gleich, weil später vergisst du's, wirst traurig und willst dich nur noch an das Positive erinnern.«

Jedes Mal, wenn etwas Unverständliches, Kritisches passiert, wenn es vor Dummheit stinkt und die Idiotie der Befehle das Fass zum Überlaufen bringt, höre ich sofort:

»Darüber hast du doch schon geschrieben, oder? Wenigstens auf Facebook?«

»Schreibst du auch über mich?«

Ich schreibe. Ich habe ein gutes Gedächtnis. Mehr als genug Material. Die Protagonisten sind vielgestaltig, und es sind viele, so viele – bis zum Überdruss. Doch da höre ich schon unzufriedenes Geschrei, vorwurfsvolle Äußerungen: Warum schreibst du so über mich? Und warum denn so über die Armee? Und auch das genaue Gegenteil: Warum schreibst du nicht über mich? Und warum schreibst du nicht über diesen oder jenen Vorfall?

Ich tippe es in mein Handy. Skizzen, Zitate, Beobachtungen. Ich erinnere mich, sortiere, lege es in Fächern ab. Meine fast völlige Identifizierung mit der Armee – ich bin ein Rädchen im Getriebe – hindert mich, die Lage kritisch wahrzunehmen, die absurden und wunderlichen Dinge als absurd und wunderlich zu sehen. Denn was sonst im Leben, in Zivil, schockieren oder gar traumatisieren würde, sehe ich hier als Norm. Unheilvoll sind die Grenzen zur Grausamkeit aufgehoben, sie zerrinnen wie Wasserfarben auf Papier. Es tut einem zunehmend weniger um die Menschen leid, und allmählich machen sich Gefühllosigkeit und Brutalität breit.

Heute latschte ein Soldat unabsichtlich auf ein Kätzchen. Es war nicht gleich tot, aber man konnte sehen, wie es sich quälte. Ich nahm mir seelenruhig eine Schaufel und mit den Worten »ich geh es einbuddeln« steuerte ich auf den Acker zu. Erst danach wurde mir bewusst, dass ich fähig gewesen wäre, dieses unglückliche Tierchen zu erschlagen. Ich erschrak. Das Kätzchen kam schließlich zum Doktor. Der renkte ihm die Knochen ein. Es wird es wahrscheinlich überleben.

Diese kleine Episode verdeutlichte mir mit einem Schlag die Fragwürdigkeit eines Schreibens, das mit zunehmend zeitlichem Abstand irgendwie angemessen über das Gesehene und Gehörte berichten möchte. Unbeteiligter Zuschauer zu sein, klappt nicht: Objektivität ist latent, Subjektivität ist entstellt.

Ich höre natürlich nicht auf, mich zu wundern, wütend zu sein, noch immer kann ich gewisse Dinge nicht akzeptieren. Manchmal möchte ich sogleich über das Erlebte erzählen, eigene I-Tüpfelchen setzen, aber ich halte rechtzeitig inne (zuweilen klappt das freilich nicht), um nichts Überflüssiges zu schreiben, um den eigenen Leuten nicht zu schaden, um das eigene Geschäft nicht auf banale Weise bloßzustellen oder vor aller Augen schmutzige Wäsche zu waschen.

So schreibe ich also. Und in ein-zwei-zehn Jahren? Wird es dann noch etwas taugen? Ich weiß nicht. Vielleicht ist es militärisches Absurdistan und sicher immer wieder kriegerisch-grausam. Ist es schockierend? Bin ich abgestumpft? Keine Ahnung …

Ein bisschen vom Verrat und vom Sieg

»Unser Land befindet sich im Krieg. Und wir müssen auch einen Informationskrieg führen und können unsere Armee auf Instagram nicht einfach in den Dreck ziehen.« Es ist seine Aufgabe, uns über den Verrat und unser Instagram aufzuklären. Deshalb ist er hier, das ist sein täglich Brot – unser Gehorsam und unsere Hingabe an Schmerz, Hunger und Durst.

»Falls was nicht stimmt, könnt ihr Meldung machen«, erklärt der stellvertretende Kompaniechef und SamPolit*. »Schreibt einen Bericht, und wir gehen der Sache nach.«

Aber es ist viel einfacher, die Informationen direkt auf Instagram zu stellen, als einen Bericht zu schreiben, und außerdem viel nützlicher. Meldungen haben die seltsame Eigenschaft zwischen den Tischen der Schreibstube herumzufliegen und unbemerkt im Nirgendwo zu verschwinden.

Es gibt Tausende von Aspekten, Blickwinkeln und Schattierungen von Verrat und Pseudoverrat. Einige schicken die Hilfslieferungen der Volontäre für die Armee zu sich nach Hause und laufen selbst in zerrissenen Shorts herum. Andere sind froh, dass sie ihre Winterlatschen schon im Juli bekommen. Wieder andere geben eigenes Geld aus, um das Notwendigste für ihren Trupp zu kaufen, und andere versaufen ihren Sold gleich in den ersten Tagen. Manche haben drei komplette Uniformen, andere haben gar keine abbekommen. Dann gibt es wieder eine Woche lang gutes Essen, nicht schlechter als im Selbstbedienungsrestaurant »Pusata chata«, in der Woche darauf aber nur Graupen und Eier. Heute war der Kommandeur gut gelaunt und riss während des Antretens sogar Witze und sparte nicht mit Lob, doch morgen wird er die Mannschaft und Offzen wieder zum Teufel jagen.

Dann wacht ein Blogger schlecht gelaunt auf und schreibt auf Instagram, dass der Kommandeur ein Idiot und ein Dieb ist. Und der Kommandeur hat vielleicht gerade heute beschlossen, eine Hilfsladung der Volontäre an die Soldaten zu verteilen. Doch dann erhält er einen Anruf von oben und wird gefragt: »Was ist los?« Er antwortet: »Nicht viel, ich verteile Zigaretten, Tarnanzüge und Klopapier an die Soldaten.«

Oder ein Zugführer lässt sich volllaufen. Mit ihm haben sich auch die Soldaten volllaufen lassen, und nun müht sich der SamPolit ab, die Kämpfer mehr oder weniger auf die Beine zu bringen. Im Nachbartrupp haben die Soldaten keine Schlafsäcke bekommen, weil der Feldwebel es vergessen und total verpennt hat. Am nächsten Tag zündet ein Soldat sein Zelt an. Und andere werden von den Feldjägern für irgendwas eingebuchtet. Morgen muss dieser und jener Soldat an die Front, und er kann ein Maschinengewehr nicht von einer Maschinenpistole unterscheiden, weil der vorige Ausbilder nur noch einen Monat bis zum Ausscheiden hatte und beschloss, bis dahin die Hände in den Schoß zu legen. Und der eine Soldat sitzt da und träumt vom Status eines Soldaten im Kampfeinsatz, während ein anderer dasitzt und von Weibern träumt. Auch der Kompanieführer träumt von Weibern und von gepanzerten Fahrzeugen WTR-80. Die Soldaten laufen herum und bitten, ins Dorf oder in die Stadt gehen zu dürfen. Der eine muss in die Apotheke, der andere in die Stripbar »Klubnitschka«. Und alle hier sind sie Verräter. Der eine mag Dosenfleisch, weil er zu Hause immer nur Brot mit Mayo gegessen hat, und kriegt davon Blähungen. Der eine nimmt fünf Brötchen, dem anderen können sie gestohlen bleiben. Dem einen scheint es, als erweise er dem Staat schon damit einen großen Gefallen, dass er nur im Zelt herumliegt, der andere werkelt schweigend die ganze Zeit an einem alten Lastwagen und fummelt daran herum wie ein Zahnarzt an Zähnen und versucht, die kaputte Karre zum Laufen zu bringen. Ein Kompaniechef nimmt seine Männer jeden Morgen um sechs Uhr mit zum Laufen, der andere lässt sie bis 8 Uhr schlafen. In beiden Zügen gibt es unzufriedene Soldaten.

Und natürlich gibt es einen versteckten Blogger, der all das ganz zufällig aufschreibt. Oder einen Schriftsteller. Oder einen Journalisten. Oder den Bruder eines Abgeordneten. Oder den Bruder eines Journalisten. Oder den Bruder eines Journalisten und Abgeordneten …

Und einige Medien publizieren es dann unter #verrat und #sieg. Einige Follower sehen darin Liebe, andere Kummer. Je nach Sichtweise eben Schwarz oder Weiß. Leben und Tod. Gebet und Fluch. Eros und Thanatos. Das Kollektive und das Private. Manipulationen, Verdrehung der Tatsachen, Entwertung der Wahrheit, Sofortübersetzung mit Google Translate und hunderte Kommentare von derselben IP-Adresse. Ja so marschieren sie – #verrat und #sieg – im Gleichschritt mit dem Soldaten, der einen Instagram-Account hat.

Und übrigens, wir bekommen immer reichlich Brötchen, was ich persönlich als einen unbestreitbaren Sieg betrachte.

Kakerlaken in Camouflage

Ich habe Kyjiw immer geliebt. Mal mehr, mal weniger. Aber das Gefühl, dass es meine Stadt ist, hat mich nie verlassen. Kyjiw hat mich inspiriert, ist mir auf die Nerven gegangen, hat mir Kraft gegeben und auch geraubt. Es war mein Kyjiw. Meine Stadt. Meine Hauptstadt.

Neunzig Tage beim Militär. Einen Monat nicht zu Hause. Das ist nicht viel und nicht wenig, aber genug, dass einem die Zivilen fremd geworden sind und man sich selbst vergessen hat: wie man in Shorts und Sneakers durch die Straßen der Stadt läuft, ein normales Leben führt, sich Gedanken über Alltagsthemen und die Qualen der Kunst macht. Nun habe ich ein paar Tage Urlaub bekommen. Um meine Familie zu sehen, mich auszuschlafen, und natürlich, um Hilfsgüter abzuholen.

Mein erster Eindruck von der Hauptstadt, als ich von der Brigadeübung am Truppenübungsplatz bei Mykolajiw zurückkehrte, war richtig schlecht. Einfache und logische Dinge konnte ich nicht richtig einordnen. Als hätte ich einen Schleier vor den Augen. Wieso tragen die Männer keine Uniform? Befindet sich unser Land denn nicht im Krieg, stirbt niemand an der Front im Osten? Die Werbung einer neuen Burger-Bude. »Open air: Schalena Nitsch!«, »Holt euch die heißesten Sommerbeats!«, »Warst du schon am Meer?«.

War ich. Aber es hat mir nicht gefallen. Auf eine Party gehen? Nein danke, ein andermal. »Kyjiw, ich verstehe dich, spüre dich aber nicht. Noch nicht … Vielleicht muss ein bisschen Zeit vergehen, bis ich den Soldatenhumor und die offenen Gespräche nicht mehr im Ohr, den Geruch der Feldküche nicht mehr in der Nase habe, bis ich den Staub und den besoffenen Unfug meiner Kameraden beinahe vergessen habe.«

In den ersten Tagen nach meiner Ankunft hatte ich nicht genug Kraft, die Wohnung zu verlassen. Ich konnte mir die Leute im Supermarkt und in der Metro nicht ansehen, hielt die Sorglosigkeit der Menschen ringsum kaum aus. Die

Bartträger in karierten Hemden machten mich wahnsinnig. In teuren Autos sah ich bloß potentielle TPz* für unsere Einheit.

Das sind nur die Kakerlaken in meinem Kopf, die wie ich rekrutiert wurden. Das ist meine Erfahrung, meine Wahrnehmung des zivilen Lebens. Verzerrt und subjektiv. All diese Leute sind wunderbar (zumindest die meisten von ihnen). Manche unterstützen aktiv die Armee. Ich bin sicher, dass viele Familienmitglieder oder Freunde haben, die Teil der ukrainischen Streitkräfte sind. Abends holen sie Erste-Hilfe-Kästen ab oder knüpfen Tarnnetze, die sie bei der ersten Gelegenheit abgeben. Vielleicht beten sie sogar für die Jungs, die irgendwo bei Krasnohoriwska im Unterstand sitzen. Aber meine Kakerlaken in Camouflage, die eine abgenutzte englische oder eine ausgeblichene Bundeswehruniform und dazu Plastikschlappen oder alte »NB« tragen, sind unzufrieden: »Alle an die Waffen!« Ein Tag vergeht, drei Tage, fünf Tage. Ich verlasse das Haus nun häufiger. Meine Uniform steckt in einer Tasche. Ich trage Shorts und Sneakers. Meine Kameraden sind sechshundert Kilometer entfernt. Aber ich bin hier. Und hier ist es gut.

Das ist mein Kyjiw, das sind meine Straßen, auf denen man schöne und freundliche Menschen sieht. Und ich habe den Eindruck, als gäbe es keinen Krieg. Ich bemühe mich, nicht daran zu denken, dass ich in zwei Tagen zurück zu meiner Einheit muss, und es ein, zwei Wochen später in den Osten geht. Ich mache mir bereits Gedanken über Alltagsprobleme und die Qualen der Kunst. Neben mir guckt mein Sohn »Peppa Wutz«. In den letzten Tagen habe ich die Textdatei meines nicht fertig geschriebenen Buches geöffnet, habe Fußball geschaut, Verwandte getroffen …

Bei der Metro-Station »Woksalna«, bemerke ich den Blick erschöpfter und von Sonne und Staub ausgebrannter Soldaten, die in den Waggon einsteigen, auf mir. Natürlich: Ich trage Sneakers, Shorts und Sorglosigkeit an mir. Woher sollen sie wissen, dass ich in ein paar Tagen wieder einer von ihnen sein werde, dass ich sie bin. Dass wir zusammengehören.

Ich werde sie ja nicht am Ärmel ziehen und ihnen erklären, dass es zwischen uns ein Band gibt, dass in unseren Köpfen ein- und dieselbe Musik spielt, dass meine Sneakers Artefakte aus einem früheren Leben sind, in das ich auf jeden Fall zurückkehren werde. Irgendwann.

Das ist mein Kyjiw. Hier habe ich ein gutes Leben, eine fantastische Familie, hier weht ein leichter Augustwind, es gibt nette Musik und leckeren Käse aus dem Supermarkt. Alles wie immer. Wie damals, als sie schon beim Militär waren, in den Unterständen saßen, krepierten, ich mich jedoch noch für die neuen Burger-Buden und die heißesten Sommerbeats interessierte. Alles wie immer.

Abgesehen davon, dass ich jetzt jede Nacht von der Armee träume.

Toilettenpapier. Das klingt sehr prosaisch. Die Armeewitze über lange Unterhemden haben schon einen ziemlich langen Bart, und doch werden sie immer rausgeholt, wenn's um das Klothema geht. Besonders dann, wenn es in den Klos kein Klopapier gibt.

Später kamen wir dann darauf, woran es gelegen hatte. Unser Verpflegungschef Serjoscha hatte sich ausgedacht, dem Essen die dreifache Menge an Kombifett beizumischen, damit wir Jungs ausreichend Kalorien bekämen und uns nach dem Truppenübungsplatz ordentlich satt essen könnten. Wir aßen uns zwar satt, rannten aber sofort zu Position 00. Das ganze Bataillon füllte zwei Wochen lang die Gruben mit schlecht verdauter Kascha und verfluchte den Sand (aus irgendeinem Grund dachten wir, der Steppenstaub sei an diesem Massendurchfall schuld). Ich habe mir sogar einen Witz dazu ausgedacht: Unsere Aufgabe sei es, alle Gruben mit Scheiße zu füllen, und erst dann würden wir im Osten eingesetzt. Der Witz wurde unter den Soldaten übrigens ziemlich populär.

Wegen der katastrophalen Defäkationssituation nahm auch der strategische Klopapiervorrat in beunruhigendem Tempo ab. Und schließlich war die Kacke am Dampfen. Aufgrund der gemeinsamen Übungen mit amerikanischen und moldawischen Truppen war unser Truppenübungsplatz von der Nationalgarde umstellt, so dass wir nicht aus dem Zeltstädtchen herauskamen. Ein amerikanischer Soldat sollte keinen betrunkenen und abgerissenen ukrainischen Haudegen sehen. Das sind innere Küchenangelegenheiten, schwarz und rußig. Die ukrainische Infanterie ähnelte den obdachlosen Kindern der 1920er Jahre, und ihre Unterkünfte waren verwahrlost und ärmlich. Gott bewahre uns davor, dass unsere westlichen Verbündeten einen Penner sehen, der eine ausgeblichene Uniform und Gummilatschen trägt und eine Plastiktüte bei sich hat, auf der Teewerbung für Alokosaj prangt, in der aber verräterisch etwas Bauchiges scheppert. Daher wurde beschlossen, keinen von uns hinauszulassen. Nicht mal zwecks Klopapier. Nur die besternten Offze durften raus.

Also benutzten wir zunächst die patriotischen Zeitungen, die uns von den Volontären geschickt wurden, dann die Armeepresse, die mit angestrengtem Pathos über die Großtaten unserer Truppen schrieb. Auch Taschenbuchkrimis waren wegen des weichen Papiers gefragt. Einige kamen tatsächlich auf die Idee, Unterhemden zu zerschneiden.

Wenig später, als ein so prosaisches Thema wie Klopapier zu einer Angelegenheit höchster Dringlichkeit wurde, beschlossen wir (wir waren zu dritt), in den Stab zu gehen, um das Problem mit den Offzen zu lösen.

Den ersten, den wir antrafen, war der Stabschef. Der Hauptmann (der erst seit einer Woche Hauptmann war) schaute uns ganz konfus an und wusste nicht, ob er wütend werden sollte, dass das Fußvolk es wagte, ihm mit einer solchen Frage zu kommen, oder ob er wirklich helfen sollte, um so seinen Ruf als wohlwollende Autorität, als Freund und Helfer zu festigen. Schließlich wurde Folgendes beschlossen: der stellvertretende Bataillonskommandeur, der für die Versorgung zuständig war, sollte informiert werden. Der Hauptmann lief zwischen den Zelten umher, stolperte über Säcke mit irgendwelchem Kram, hielt andere Offiziere an und fragte, ob sie nicht den Versorgungsoffizier gesehen hätten. Und dann tauchte der Gesuchte auf; von einem entfernten Graben kam er zufällig an uns vorbei. Auf die Frage, ob er einige Rollen Toilettenpapier entbehren könne, schnaubte er nur und sagte, es gebe kein Klopapier und auch sei das nicht sein Problem. Dann scherzte er noch über die langen Unterhemden. Wir sind im Wehrdienst, was wollen wir also? Wir versprachen ihm, als nächstes die langen Unterhemden zu nehmen, jene, die er uns noch nicht ausgegeben hatte. Er war beleidigt und ging. Ende des ersten Aktes.

Zur gleichen Zeit verließ der stellvertretende Kommandeur für Technik das Zelt des Stabsquartiers. Ein großer, grauhaariger Major mit klugem Gesichtsausdruck. Er begriff, worin das Problem lag, und meinte vorwurfsvoll, dass es im Grunde eine verdammte Sauerei sei, Stabsoffiziere auf Toilettenpapiersuche zu schicken. Er werde uns zwei Rollen aus seinem persönlichen Vorrat geben. Leider mussten wir ihm mitteilen, dass dies das Problem nicht im globalen Sinne lösen würde. Da nahm er mich zur Seite und sagte in familiären Ton:

»Kerls, ihr seid Schweine, Ehrenwort, das wisst ihr doch, oder?«

»Nicht ganz, Walentynowytsch …«

»Okay, ich habe verstanden«, unterbrach er mich, »das reicht, brauchst nicht weiter zu reden. Das Einzige, worum ich bitte: Schreib in deinem Buch nicht darüber, wie du Stabsoffiziere auf die Suche nach Toilettenpapier geschickt hast. Das braucht keiner zu wissen.«

»Wie, überhaupt nicht?« Ich wurde sauer.

»Nicht, solange du im Wehrdienst bist.«

Ich nickte, versprach es. Aber ich warnte ihn, in einem Jahr würde ich mich an diese Episode erinnern.

Am nächsten Tag brachte Walentynowytsch persönlich mehrere Packungen echtes 5-lagiges vorbei.

Und der arme stellvertretende Kommandeur, der Hauptmann, wandte sich jedes Mal ab, wenn er uns sah, wahrscheinlich um seine Autorität zu wahren.

Es könnte schlimmer sein

Ich könnte so viel innere Ruhe wie Sanja B. brauchen. Er spricht leise, das reinste Ukrainisch, mit weicher Aussprache.

»Alles ist gut, es könnte schlimmer sein.«

Ich komme in Fahrt, beginne innerlich zu kochen, zeige auf unser Gerät und schreie fast. Ich sage, dass man mit solchen Dingern vielleicht Mitte des letzten Jahrhunderts kämpfen konnte, aber doch nicht jetzt. Daraufhin er: »Wenn es dieses Gerät gibt, heißt es, dass jemand damit fahren muss. Warum also nicht wir?«

Wild gestikulierend spreche ich über die Versorgung, über den Käse, der nicht für uns, sondern für »jemand anders« ist, über die Synthetik-Uniformen der Soldaten bei fünfunddreißig Grad plus und ihre Stiefel. Ich schaue auf seine Füße. Schwarze Lackschuhe ohne Socken. Statt Schnürsenkeln Alu-Draht. Die Hose hochgekrempelt. Ein Bart. Aus der Ferne: ein Hipster.

»Du hast nicht mal Stiefel!«, ich versuche den Motorlärm zu überschreien.

»Doch, doch«, lacht Sanja B., »wenn ich nur auch ein bisschen Verstand hätte.«

Wir passieren eine Kolonne Amerikaner, die am Truppenübungsplatz eine Routineübung absolvieren. Bitteschön, das beste Beispiel, ein Trumpf, Argumente, die keinen Widerspruch dulden!

»Schau dir mal die ›Hummers‹ an, das Equipment, schau dem schwarzen Soldaten der schnellen Eingreiftruppe mal in die Augen.«

Sanja beruhigt mich, sagt, dass es bald bergauf gehen, dass alles an seinen Platz rücken werde, sagt, dass die Großväter dieses Soldaten wegen ihrer Hautfarbe unterdrückt worden seien, aber nun sei alles anders, und dieser Schwarze habe eine persönliche Bio-Toilette, und er kaufe die Schrauben für die Gelenkkupplung wohl kaum von seinem eigenen Geld.

»So wird es auch bei uns sein«, sagt er leise.

»Bei uns werden die Verpflegungsoffiziere nie aufhören, sich Käse und Dosenfleisch unter den Nagel zu reißen. Egal wie viele Volontäre die Einheiten inspizieren kommen, der menschliche Faktor wird immer eine zentrale destruktive Kraft darstellen, einen regressiven Motor, den Hebel des Verrats, die Avantgarde der Sabotage.«

Sanja B. rät mir, meine Nerven zu schonen und nur das Positive zu sehen, andernfalls würde ich es nicht bis zum Ausscheiden überleben.

»Später«, sagt er, »beginn eine interne Untersuchung, aber lass nicht locker und bring die Angelegenheit zu Ende. Die Kompanie steht hinter dir.«

Ich schweige. Mein Bedürfnis, mich in eine offene Konfrontation mit der oberen Kommandoebene einzulassen, ist überschaubar. Weder Fakten, noch Beweise. Nur Mutmaßungen und Gerüchte.

Wir klettern vom GAZ-66, setzen uns ins Gras, suchen wie Welpen den Schatten. Wir warten auf das Kommando »Aufsitzen!«. Ich überkreuze die Beine und blicke auf die Gräben und Mulden des Truppenübungsplatzes. Eine gelbe, stellenweise schwarz ausgebrannte Steppe. Leuchtspurmunition, Panzerabwehrraketen, »MT-12er« und Panzer brennen hektarweise Felder ab. Kein Wölkchen am Himmel, Schweißbäche rinnen unter meinem Helm hervor. Der Staub frisst sich in die Handflächen.

»Du hast es gut«, sagt Sanja B., »hast es dir irgendwo notiert und brauchst dich nicht länger aufregen. Im Falle des Falles hast du Journalisten als Freunde, die das Thema aufgreifen und helfen können. Aber ich kann nichts aufschreiben, deshalb suche ich das Positive. Leg deine Hauptstadt-Hektik ab, und du schonst deine Nerven.«

Ich hole meine Kopfhörer aus der Tasche, drehe das erste Album von BoomBox auf und denke an das Positive. Dima hat Mohnstriezel und Quarkplunder bekommen. »Schulz« hat italienischen Kaffee mitgebracht. Meine Uniform ist zu hundert Prozent aus Baumwolle, und mir geht es besser als vielen anderen. Endlich wurden Schlafsäcke ausgegeben.

Vielleicht kann ich heute meine Wäsche waschen, und zum Mittagessen gibt es Wassermelone. Ich bin bei der Armee und sammle »kostbare Regisseur-Erfahrung«, ich bin bei der Armee und trotz allem »diene ich dem ukrainischen Volk« einwandfrei, ich erfülle meine Pflicht gegenüber der Heimat. Ich habe genug Geld, ich versaufe es nicht. Ich bekomme regelmäßig zu essen, die Offiziere und Soldaten respektieren mich, ich habe in der Armee echte Freunde, die für mich jeden zerreißen würden, ich habe eine Familie und unzählige außergewöhnliche Menschen hinter mir, die stets bereit sind zu helfen. Außerdem sind für die kommenden Tage sechsundzwanzig Grad vorhergesagt, und stellenweise Regen. Neue Stiefel und eine neue Uniform kann ich mir selbst kaufen. Ganz zu schweigen von Käse. Alles ist gut, es könnte viel schlimmer sein.

Transportkolonne

Das Motto der letzten Tage: »Je abgefuckter, desto cooler«.

Nach den letzten Akkorden der Grundausbildung wurden den Kommandeuren der verschiedenen Einheiten mitgeteilt: Zwölf Stunden bis zum Aufbruch, dann Abrücken in die ATO*. Kaum ist das zur Truppe durchgesickert, sind alle Vorkehrungen des Bataillonskommandeurs für die Katz, die Schleichwege in die Dörfer abzuschneiden.

Bereits nach drei Stunden ist ein beträchtlicher Teil der Kämpfer sturzbetrunken.

Die andern kauen die verfügbaren Infos durch, manche schreiben hastig Meldungen über ihre Weigerung, im Kampfgebiet zu dienen. Ich bestelle Sekt.

Der Appell ähnelt einem eilends anberaumten Umzug von einer alten Mietwohnung in einen Neubau. Einerseits wird alles Alte und Überflüssige weggeworfen, andererseits wird jedes Stück Seil oder Holzbrett sorgfältig in den TPz oder GAZ-66 verstaut – wer weiß, was genau man dort brauchen wird.

Einige übereifrige Jungs füllen wie besessen Patronengurte auf, malen an die Instandsetzungs-Gebäude fiese Ukrop-Symbole. Der Klub der Liebhaber von 40+ findet beim Zeltabbauen einige Pullen Hochprozentiges. Dazu gibt's Oliven und Dosenthunfisch. Die kommen aus dem Rucksack eines Soldaten mit dem Spitznamen Berlusconi.

Um 14 Uhr ist Abmarsch. Als erstes fährt die Artillerie auf sechs vorsintflutlichen TPz. Großkalibrige Geschütze in Kampfbereitschaft, die kleinkalibrigen fast wie Attrappen. Danach wir im Kommandozug, sozusagen die Flaggschiffbesatzung. Wir sind Richtung Mykolajiw unterwegs. Drei Kilometer vor der Stadt bleiben die ersten beiden Kisten liegen. Gangschaltung, Kupplung, Kardanwelle. Mit letzter Kraft schaffen wir es bis zur Station, an der das Bataillon auf uns warten sollte. Die Inst-Jungs* machen sich ans Reparieren der Technik, die Delegierten des Klubs Liebhaber 40+ begeben sich auf die Suche nach etwas Bauchigem, ich lege mich aufs LKW-Dach und lausche dem Gedudel der Romanzen von Schanna Bitschewska und blicke in den strahlenden Himmel. Anfangs werde ich bei dieser Musik von so vielen nostalgischen Erinnerungen überflutet, dass mir die Tränen kommen, dann schlafe ich ein. Ich wache auf, als ich spüre, dass der Rücken vom Metall bis auf die Knochen kalt wird. Ich verziehe mich ins Innere des LKWs. Decke mich mit einem herumliegenden Schlafsack zu und schiebe mir ein Säckchen Brot unter den Kopf. Das einzig Warme hier ist die Glut der Zigarette, die mein Kommandeur »Maestro« raucht.

»He, Journalist«, sagt er, »schläfst du?«

»Ach Quatsch«, antworte ich, »wie könnte ich denn in Anwesenheit meines Majors schlafen?«

»Hauptmann.«

»Für mich werden Sie immer der Major sein.«

»Journalist, red mit mir. Hier sind alles Irre, Mist, die bleiben doch schon am Stacheldraht hängen.«

»Käpten, haben Sie Dosenfleisch?«

»Kondensmilch hätte ich«, entgegnet der Käpten unsicher.

»Die können Sie behalten.«

Danach schlafen wir beide ein.

Wir schlafen, wo wir gehen und stehen, auf der Erde, auf den TPz, in den GAZ-66 zwischen all dem Kram, auf den Tragbahren der Sanautos, unter freiem Himmel auf zertrampeltem Gras, voller Diesel- und Schmierölreste. Oder wir schlafen gar nicht, entfachen gegen Morgen, so um fünf Uhr, aus Sonnenblumenstengeln ein kleines Feuer. Die Kälte geht durch und durch, ist überall, selbst in den Hosentaschen und unter dem Palästinensertuch.

Sobald die Sonne aufgeht, gehen wir einkaufen, wir kaufen Kaffee, Zigaretten, Aufgießnudeln und natürlich Energydrinks. Ein wenig später verteilt der Verpflegungschef die E-Packs, deren Inhalt man mit Brot nach einem Tag Fasten runterkriegt. Einige Stunden streifen wir durch die Gegend. Der Großteil der Mannschaft kann sich kaum auf den Beinen halten. Ebenso die Kommandeure. Der meine zum Beispiel hat den Löffel verloren, den mir der Czernowitzer Dmytro vor seiner Abkommandierung vermacht hat.

Am späten Vormittag machen wir uns daran, die Fahrzeuge und Geschütze mit Seilen auf den Waggons zu sichern. Um 17 Uhr stolpern schließlich die übermüdeten Soldaten mit letzter Kraft in die Waggons. Natürlich hat man jemanden vergessen, andere haben sich vom Gleis verdrückt, sind abgehauen. Einige Soldaten haben sich vollgepinkelt. Und sogar noch mehr. Die Schaffnerin entsperrte die Fenster trotz der Vorschriften für diese Art Zug. Der Kommandeur sammelte mit mir und zwei anderen Soldaten die Waffen der Derangierten ein und deponierte sie in unserem Abteil. Endlich fahren wir los.

Nach vier Monaten im südlichen Grenzgebiet, kommen uns die nördlichen Gebiete wie utopische Illustrationen in der Zeitschrift *Wachturm* der Zeugen Jehovas vor. Von Obstbäumen gesäumte Wege, die durch Dörfer führen, dichte Nadelwälder, hellhäutige Bauern ohne die südliche Pigmentierung, mehr Ziegel und weniger Kalk. Eiche, Ahorn, Erle. Keine Steppe, keine Felder, kein Staub und keine Sonne, stattdessen Wälder. Und Grün …

Der Morgen beginnt wie immer: Kaffee und E-Pack. Fähnrich Jura hat Trauben, »Start«-Cornflakes und Würste ergattert. Nach dem ersten Halt gab es kaum noch Betrunkene.

Hier und da winkten uns Dorfbewohner zu. Sie reckten die Hände in die Höhe, einige schwenkten sogar Fahnen. Die Kinder lachten offenherzig, als würden wir nicht dorthin fahren, sondern von dort kommen – siegreich und mit minimalen Verlusten. Während unseres ersten Halts auf freier Strecke irgendwo bei Poltawa sangen die Einheimischen sogar die Nationalhymne.

Vom Bahnsteig in Nowa Bawarija bei Charkiw schallen die ersten »Fuck you«-Rufe von jungen Schlägervisagen in Sportklamotten in Richtung unserer Kolonne.

Das ist der lichte Weg in den Donbas.

13-БАТ.

Herbst, Winter und wieder Frühling

Zweiter Teil

Legendäre Tankstelle

Wir kommen langsam voran, stündlich reparieren wir einen der Transportpanzer. Für die fünfzig Kilometer von Isjum nach Slowjansk brauchen wir sechs Stunden. Als wir endlich den Stadtrand erreichen, halten wir gegen Mitternacht an einer Tankstelle, um zu schlafen. Die Tankstelle ist legendär, sie wurde und wird von hunderten Kolonnen von Menschen und Gerät passiert. Hier ist der erste ordentliche Checkpoint, Nationalgardisten und natürlich Wellblechzäune, die von Kugeln und Splittern durchlöchert sind.

Wir springen vom Transporter und laufen zum Laden an der Tankstelle. Oksana, eine gleichgültige Verkäuferin, blitzblank geputzte Toiletten, verschlafene Hunde bei den Zapfsäulen. Wir nehmen Hot Dogs. Draußen unterhalten wir uns mit den Soldaten der Nazgarde, sie betteln uns ein paar Päckchen Patronen ab, erzählen wie sie – arme Hunde – hier ihren Dienst verrichten.

»Am Stadtrand von Slowjansk?«, wundern wir uns.

Als Antwort hören wir zahlreiche wahnwitzige und deshalb kein bisschen angsteinflößende Geschichten. Zum Beispiel darüber, wie die Separatisten aus einem fahrenden Auto Granaten werfen. Ihnen einfach vor die Füße.

Wir stehen da und rauchen, pumpen aus zwei Transportpanzern Benzin, um die anderen aufzutanken. Die zwei müssen hierbleiben, bis der Tankwart kommt, die anderen vier fahren weiter. Wohin genau, weiß nicht einmal der Käpt'n. Man hat es uns nicht mitgeteilt, nicht gesagt, hat uns nur den Befehl gegeben: nach Wolodymyriwka fahren. Und weiter? Wen lösen wir ab? Welche Position nehmen wir ein? Was erwartet uns? Wer kommt als erster um?

Gegen zwei Uhr nachts krieche ich, elektrisiert vom Koffein und erschöpft von seiner langen Wirkung, endlich in den Transportpanzer und schlafe augenblicklich ein. Und ich hätte am Rand dieses Kriegsgebiets, an eben dieser Tankstelle bis zum Kriegsende oder bis zur Unterzeichnung der Kapitulation des Feindes, oder, Gott bewahre, eines neuen

Perejaslawer Vertrags* geschlafen, sogar bis das ganze Unkraut, das die Felder hier überwuchert, verrottet … Aber Sanja und Wlad wecken mich auf, rufen mich zum Frühstück. Wieder Hot Dogs. Wir sind alle zusammen, die Sonne blendet, der Kaffee ist stark und mit Milch, wie zu Hause, und die Cola ist süß und prickelnd, und die müden Nazgards haben Schichtwechsel und gehen schlafen. Dort, hinter der Tankstelle, stehen ihre Container. Gedämmt, mit Öfen und Duschen sogar. Aber wir fahren weiter. Nach Süden, in Richtung Artemiwska, an unbekannte Stützpunkte, unerforschte Positionen, die uns neue Eindrücke bescheren werden, wie ein Vergnügungspark. Das Wichtigste ist, genug Lebensfreude mitzubringen, genug Wahnsinn und die Gabe, sich an kleinen Dingen zu erfreuen.

Hier

So hatte ich mir nach der Lektüre von Wasil Bykau* oder Konstantin Simonow* den Zweiten Weltkrieg vorgestellt: Unterstände, Schützengräben, Artilleriestellungen, Feldküche. Und irgendwo auf der Anhöhe: der Feind. Er plant auf jeden Fall etwas. Natürlich, er schickt Saboteure. Er ist von Grund auf hinterhältig, brutal, gerissen. Nicht wie unsere einfachen Jungs mit ehrlichen Gesichtern und ihrem unerschütterlichen Sinn für Humor. Es ist wahr, der Humor ist meist schwarz, und die Gesichter spiegeln unmittelbar ihre Verzweiflung wider. Hier sind wir, in unseren Unterständen und Stellungen, und da ist der Feind. Büsche auf zwei Beinen, Späher und Saboteure bauen unsere Stolperdrähte ab und stellen eigene auf. Auf ihrer Anhöhe sind sie verantwortlich für die Zielberechnungen der Mörser und Maschinengewehre, ein besonderer Verein, der Landsturm der Separatisten …

Die gegenwärtige Situation erinnert an Erbauungsliteratur mit den Heldentaten unserer Väter und Vorväter. Nur ist das alles nicht sehr romantisch. Und kein bisschen schön. Und völlig uninteressant. Keine Ahnung, wie man die Erbärmlichkeit des Militäralltags rechtfertigen soll, das Fehlen elementarer Werkzeuge oder die Gleichgültigkeit der Befehlshaber, denn kümmern sich die Soldaten nicht selbst um das Nötigste, wird man ihr Auftreten weiterhin als Beispiel für den »totalen Verrat« (zumindest in unserem Fall) sehen. Für die älteren Offiziere ist es das Wichtigste, ihre Häkchen in den Rubriken »Helm«, »kugelsichere Weste«, »Verbandspäckchen« zu setzen. Hauptsache, alles wurde ausgegeben. Ihr Gewissen ist rein, der Status eines Soldaten im Kriegseinsatz macht sich bezahlt, man kann Kohle machen. Und wie viel, wow … Da gibt's so einige Möglichkeiten bei der Materialausgabe.

Ab dem zweiten Tag am Nullpunkt stört das Kreuzfeuer aus den Stellungen links und rechts nicht mehr, und selbst die Erkenntnis, dass man jeden Moment sterben kann, wird zur Normalität. Alle um einen herum sprechen nur über den Krieg. Waffen, Taktik, und was für beide Seiten vielleicht rauskommt. An Waffen gibt's übrigens genug.

Der Krieg kotzt zweifellos alle an. Besonders diejenigen, die acht oder neun Monate unter Beschuss verbracht haben. Und diejenigen, die gerade ihre ersten Runden auf dem Schlachtfeld drehen. Und doch sind alle bereit, die Position zu halten. (Hauptsache man kann sich orientieren, und wir stehen unseren Mann.) Inmitten von Mäusen und Wanzen, in Dreck und Schlamm, ohne Wasser und Strom, ohne guten Alkohol und Sex, mit billigen Zigaretten, fettigem Essen voller Kohlenhydrate, und waschen kann man sich nicht mehr als einmal in zwei bis drei Wochen. Wir lästern über die Nachrichten im Fernsehen und äußern unsere Unzufriedenheit mit allem und jedem: vom Bataillonskommandeur bis zum Präsidenten. Aber wir stehen nicht für die Kommandeure auf. Wir halten die Stellung, weil ein Rückzug keine Option ist.

Wie könnte es anders sein? Es stimmt, dass einige der Soldaten ihre Unterstände in den ersten Stunden nach Einnahme ihrer Position nicht verlassen und die Alkoholvorräte vernichten, die sie sich noch in der dritten Verteidigungslinie angeschafft haben. Andere wieder bewaffnen sich mit Granaten und Munition und werden zu wandelndem menschlichem Sprengstoff. Und manche schaffen es gar nicht bis in die heiße Zone, melden sich in den Sanbereich ab, verweigern einfach den Dienst in der ATO*.

Und das ist auch gut so. So haben wir mehr von den trockenen Hügeln des Donbas, den strahlenden Sonnenuntergängen, den bitteren Herbstwinden, der Munition, den engen, aber zuverlässigen Unterständen, den nächtlichen Patrouillen, den Phantomen in der Dämmerung, die durchs Dickicht streifen, den nervenaufreibenden Kilometern auf zerbombten Wegen entlang der Nulllinie, E-Packs, die wir dem Quartiermeister todesmutig entrissen haben, Päckchen mit Instantkaffee »3 in 1«, Steckdosen zum Aufladen von Handys am Generator, Trinkwasser, das Mangelware ist, klebrige Spinnweben und Mäusedreck, und schließlich lebhafte und furchtbare Erinnerungen. Aber das kommt irgendwann später, während eines langen und glücklichen Lebens nach dem Krieg …

Grundsätzliche Fragen

Gott und Politik. Diese Themen sind meiner Beobachtung nach in der Armee nebensächlich. Besonders im Krieg. Während mit Gott alles klar ist (unsere Gesellschaft ist nicht belastet von religiösem Aberglauben, eine gesunde Gesellschaft also), ist Politik eine noch viel individuellere Sache. Man stelle sich vor, es ist wie Sex oder dessen Abwesenheit. Natürlich redet man über Politik (über Gott auch), aber man streitet nicht darüber. Es wird nach Herzenslust über den einen oder anderen medial präsenten Politiker gesprochen, laut über globale, geopolitische Bewegungen nachgedacht, aber es bleibt immer bei nackter Rhetorik. Niemand beginnt zu streiten. Mit der Religion ist es fast dasselbe. Hört man den Ausspruch »Lieber Gott, steh mir bei«, wird man nicht rufen, dass es keinen Gott gibt, und sollte es einen geben, ist er genau so, wie du ihn dir vorstellst.

Meine Nächsten hier, sie sind schon meine Freunde, haben so unterschiedliche politische Überzeugungen, dass uns nur die Armee zusammenschweißen konnte. Und sie hat uns zusammengeschweißt. Gespräche über Politik sind leicht in andere Bahnen zu lenken. Indem man über Sex redet zum Beispiel. Beim Sex ist auch alles individuell, und niemand wird dir erklären, wie es funktioniert. Aber das Thema birgt einen wichtigen, verbindenden Faktor: Sex interessiert alle.

Gott, Politik und Sex. Bei anderen Themen kann man sich auch in die Haare geraten. Vorlieben beim Essen, diverse moralische Prinzipien, Pläne fürs Leben. In der Armee heißt es: Dir gehört hier nichts, außer der Dreck unter deinen Nägeln. Lass all deine religiösen oder politischen Überzeugungen im zivilen Leben zurück. Wenn du willst, reden wir über Waffen. Oder erzähl mir, wie sehr du deine Frau vermisst. Aber erzähl mir keine Lügen über Gott oder Politik. Im Notfall können wir über Sex reden.

Wir bekamen Besuch von Volontären der Partei mit dem Herzen als Logo. Sie teilten Zeitungen und Flugblätter aus. Einen Sack voll. Ich denke, keiner der Soldaten hat ein Wort über die Partei und ihre Vorsitzende verloren. Aber um Zeitungen fürs Anzünden der Öfen baten alle. Der Kaplan stattete uns einen Besuch ab. Er kam zu jedem und sagte leise: »Wenn du willst, unterhalten wir uns, wenn nicht, beachte mich nicht – Gott schütze dich. Ich bin nicht hier, um dir etwas aufzudrängen, das du gerade nicht brauchst. Und versteck deine Zigarette nicht, mir ist es egal.« Prostituierte kamen nicht zu uns, aber bei Bedarf gab es in der Stadt genug. Nein? Naja, du weißt, wo es was zum Abgrasen gibt.

Die zentralen Themen sind Alltag und Sicherheit. Der Alltag, klar. Es ist wie in jeder geschlossenen Gemeinschaft. Hast etwas genommen und nicht zurückgestellt. Alle arbeiten, du ruhst dich aus. Hast gegessen und nicht abgewaschen. Hast dich selbst nicht gewaschen.

Sicherheit ist freilich eine ernstere Angelegenheit. Bist am Posten eingeschlafen. Hast dich dort betrunken. Putzt die Waffe und hast sie nicht entladen, oder hast sie entladen, aber vergessen, das Magazin abzunehmen. Hast deinem Kumpel eine Granate auf den Kopf fallengelassen. So etwas wird verziehen, aber man kann viel Neues über sich erfahren. Oder eins in die Fresse bekommen. Oder eine Zeitlang ohne Waffe dastehen.

Die einzige Sache, die ein Soldat seinem Leidensgenossen kaum jemals verzeihen wird, ist Klauen. In fünf Monaten Wehrdienst wurde mir nichts gestohlen. Überhaupt nichts. Obwohl ich immer alles offen und zugänglich liegengelassen habe. Besser müllt man die anderen mit Gott, Politik und Sex voll als etwas zu stehlen. Das ist der moralische Tod und deine Auslöschung als Persönlichkeit. Das ist das Ende. An der Front spitzt sich alles zu. Auch die Konflikte. Die Menschen gehen in Flammen auf wie dürre Ambrosien. Alles, was unter der Oberfläche lag, kriecht nun heraus wie die Füllsel der Militäranoraks. Mit der Zeit gibt es immer mehr Alltagsthemen. Sex ist ein zutiefst individueller Begriff geworden, wie deine Zahnbürste und dein Rolldeo.

Nur fünf Monate sind vergangen. Vier davon waren wir zusammen. Manche sind später dazugestoßen. Aber man hat den Eindruck, als hätte sich unsere Kompanie und besonders unser Zug in ein altes Ehepaar verwandelt, dessen Leben von Alkoholismus, chronischer Krankheit und dem Alltag zerfressen wurde. Es gibt niemanden, mit dem man über Politik oder Gott sprechen kann. Sex? Darüber werden wir auch ein bisschen sprechen.

Vorschriften

Es gibt diesen unangenehmen Moment, wenn Stabsoffze in neuen Talan-Stiefeln unsere Stellungen besuchen und den Soldaten … Filzstiefel mitbringen.

»Vorschriften, Vorschriften, Vorschriften«, rechtfertigen sich die im Hinterland.

»Normen«, rechtfertigt sich das Ministerium für die Beschaffung von Ausrüstung am Telefon. Normalerweise bedeuten die Normen, dass man bei Minusgraden in seiner normalen Winterkleidung bibbert. Einen typischen Soldaten interessiert es nicht, was der Berater des Präsidenten oder der Adjutant des Verteidigungsministers auf FB produziert, er pfeift darauf, was in den Materiallagern liegt und was diese neuen Leute im Kabinett unternehmen wollen, um die Normen zu ändern. Ein einfacher Soldat hat Filzstiefel, eine Synthetikfeldjacke (Artikel 2701) mit Futter, das sich auflöst, und mit Nähten, die fast sofort platzen. Der Soldat hat auch noch ein paar Socken und Gummilatschen. Na ja, und Thermounterwäsche, die im Großen und Ganzen gar nicht so schlecht ist, die aber leider nicht warmhält. »Na, ist dir kalt? Das kann nicht sein! Alles ist in der Norm. Soldat, irgendwas stimmt nicht mit deinem Temperaturempfinden.« Also, wenn es nicht stimmt, ist es nicht richtig. Wir werden unser Temperaturempfinden kurieren. Wir haben wirklich ein Problem damit. Und unsere Mägen sind auch nicht standardnormiert.

Der lokale Stab schickt eine Kommission. Das Urteil: Die Männer leben wie Vieh. Genau das haben sie gesagt. Aber der Bataillonskommandeur widerspricht: ein Generator, eine Kettensäge, eine wasserdichte Abdeckung für unsere Unterstände, Werkzeug – alles da. Klar, nur gehört das alles uns. Die Jungs haben sich zusammengetan und eine Kettensäge gekauft. Die zweite stammt von den Volontären. Genau wie der Generator, das Werkzeug und die warme Kleidung. Ebenso die Nachtsichtgeräte, Ferngläser und die Hälfte der Verpflegung, auch die Steckdosen, Verlängerungskabel und das Geschirr. Aufs Konto des Bataillons gehen Rost und Ruß.

Die Kommission blickt sich um, stöhnt und ächzt und fährt wieder.

Und wir? Alles okay. Was wollen wir eigentlich? Ja, was wollen wir eigentlich? Sie können uns nicht weiter nach Osten schicken. Es gibt keinen weiteren Weg zu gehen. Weiter südlich gibt es nur Lehm und fettige Donbas-Kohle. Die Kommandeure können die Normen reduzieren, zum Beispiel auf ein Paar Socken für je zwei Soldaten. Oder, sagen wir, statt eineinhalb Liter Wasser pro Tag geben sie uns ein Viertel. Und dazu einhundertfünfzig Gramm Brot mit Sägemehl. Damit wir nicht zu viel bekommen. Denn bekanntermaßen schadet ja zu viel des Guten.

Das ist alles so lustig und so traurig zugleich … Ich frage mich, was kommt wohl als nächstes?

> »Es gab einen Mann, der von klein auf bis ins hohe Alter immer auf dem Rücken mit verschränkten Armen schlief. Schließlich starb er. Deshalb: Schlafen Sie lieber auf der Seite.«
> Daniil Charms*

Nullpunkt

Heute segnete mich der Feldkaplan. Vor 146 Tagen hätte ich mich lauthals geweigert, an so einem Zirkus teilzunehmen. Doch nun stand ich in Reih und Glied mit den anderen und bekreuzigte mich sogar. Weil es sich so gehört. Während ich dastand, mir das Weihwasser von Bart und Kinn tropfte, ging mir durch den Kopf: Wo bin ich eigentlich? Und wo, meint dieser Feldkaplan, dass er ist? So wie wir hier stehen, beim Unterstand, aufgereiht. Es ist ein intensives Gefühl, ich bin froh, hier zu sein. Zusammen mit meinen abergläubischen Kompaniekameraden und dem jungen Kaplan. Für den ist das offensichtlich eine militärische Dystopie, in der er die Rolle eines Priesters spielt, der Waffen weiht und das Morden segnet.

Die Segnung ist ein Placebo, eine innere Überzeugung, dass die feindliche Kugel dich verfehlt und deine Waffe keine Ladehemmung hat. Die Welt um dich herum besteht nur aus Fragmenten: Der Weg, der Unterstand, die Einheit, das Feld. Alles Übrige ist überflüssig. Annullierung, Entwertung.

Anscheinend ist das auch die beste Zeit, sich der prallen Kraft des eigenen Lebens zu stellen und sich der Möglichkeit des eigenen Todes bewusst zu werden. Alles Überflüssige abstreifen, das sich im Laufe der Jahre in der Finsternis aufgetürmt hat. In einer kompakten und bequemen Finsternis, die ich mir selbst geschaffen hatte und an die ich glaubte. Das ist der Nullpunkt. Der Knackpunkt, wenn die dünne Haut der Täuschung aufplatzt und mich von Gedanken, Gefühlen und Wünschen befreit. Die Loslösung von sich selbst, die Erlösung von Abhängigkeiten, vom Unrat der Welt. Die rituelle Schur, eine Tonsur, durch die ich zu einem neuen Wesen wurde, das ich unter anderen Umständen niemals geworden wäre.

Von nun an bin ich der Waldmann, ha, der unbehauste Zigeuner.

Abends sitzen wir ums Feuer und essen Kartoffelbrei, wie immer reden wir viel und lachen. Etwa zehn Meter von uns sitzt der Kaplan und liest mit einer Taschenlampe in einem Gebetbuch. Über uns der Sternenhimmel, um uns das stille Feld und kühle, reglose Luft, ich sitze und denke daran, wie ich mich verändert habe. Ich fühle mich gereinigt. Vielleicht kommt mir das nur so vor, oder ich will einfach daran glauben. Der Glaube ist nicht die schlechteste Möglichkeit, dem Wahnsinn zu entgehen oder nicht im Alkohol zu ertrinken. Außerdem ist er bequem, so wie die Finsternis und ebenso erdacht. So wie der imaginierte Freund der Kindheit, der mit dir in deinem Zimmer wohnt, mit dem du deine Ängste teilst, und zur Zeit der ersten Experimente im Bad verschwindet.

Ich stehe auf und gehe vor den anderen schlafen. Auch der Schlaf ist eine feine Sache. Er reinigt dich, ist wie ein Reset. Du liegst allein im Halbdunkel des Unterschlupfs, und während der Halbschlaf dich umfängt, starrst du auf das Bild im Lehm, siehst die Zeichnungen, die die Freiwilligen von ihren Kindern mitgebracht haben, blickst auf die riesige Stickerei einer jungen Frau mit üppigem Busen, die die Jungs über dem Ofen aufgehängt haben. Ihre Züge haben etwas Zigeunerhaftes, das war bestimmt keine Absicht, es ist einfach so passiert: eine lange schlanke Nase, dunkle Augen, aufreizend volle Lippen. Diese Frau, die eigentlich nicht hierhergehört, wurde ebenfalls mobilisiert und ist vom Krieg so verwundet wie wir. Wer ist sie? Die Tochter von einem hier? Ein zufälliges Bild in einer Serie von Stickereien? Die legendäre Sara-la-Kali, die schwarze Sara, Schutzheilige der Zigeuner, die den Geistlichen an die Fronten Osteuropas folgte? Die Zigeunerin, die mein Leben ändern sollte? Ich denke lange über sie nach. Über ihren wahrscheinlichen Tod, aber auch an ihr Leben in vollen Zügen. Ich denke über ein in vollen Zügen gelebtes Leben nach und über meinen wahrscheinlichen Tod. Wird er plötzlich kommen, wird es hier passieren, hier in diesem feuchten Unterschlupf? Oder werde ich noch viele lange Jahre leben und sterbe dann in einer idyllischen Umgebung, wo Schafe oder Kühe weiden? Und das ganze Dorf wird sich bei der Beerdigung des alten Mannes versammeln, der nicht in der Stadt leben wollte, sondern in die Nähe

des Froschgequakes und Vogelknöterichs zog? Wie wird man meinen Körper kleiden, von welcher Kirche wird der Geistliche sein, der über dem Grab unter der Weide das letzte Gebet für mich anstimmen wird? Und vor allem, warum stehen in den Regalen noch immer Kisten mit irgendwelchem Plunder der früheren Bewohner des Unterstands?

Schlafe ich? Vielleicht existiere ich gar nicht. Annullierung und Schwerelosigkeit. Finstre Nacht und ferne, mehr erahnte als wirklich hörbare Schüsse. In einigen Stunden kriechen die Jungs herein und wecken mich mit der immer gleichen Frage: Tschech, schläfst du?

Nein, jetzt nicht mehr. Natürlich schlafe ich nicht mehr. Wie sollte ich denn schlafen, wenn ihr, meine mir Nächsten, hier seid. Die Haut der Wirklichkeit legt sich von neuem um mich, nun bin ich ganz wach, ich setze mich auf, noch in den blauen Plasteschlafsack gewickelt.

Und wieder beginnen die Gespräche, Geschichten aus dem Leben, Gelächter, so heftiges, dass man einen Bauchmuskelkater bekommt. Wir sind vier Kerle auf zwei Quadratmetern, der Enge ausgesetzt und dem Gerede, und nur das Lachen bringt einen hier zur Ruhe. Ruhe, von der wir so viel haben und zugleich so wenig.

Unsere Freunde

Die Volontäre sind unsere Freunde. Volontäre sind diejenigen, auf die man höchst ungeduldig wartet. Sie kommen wie Missionare und bringen Kleidung, Lebensmittel, Vorräte, die wir wirklich brauchen, Werkzeuge und natürlich auch Tabak. Volontäre sind zynisch und entschlossen. Manche auch peinlich berührt. Manchmal ist es ihnen unangenehm, dass sie nur Hilfsgüter an die Front bringen, aber nicht selbst hier sind und kämpfen. Andere schauen dich misstrauisch an und verdächtigen dich aller Sünden eines Soldaten.

»Säufst du? Bist du sicher, dass du dich nicht betrinkst? Vielleicht saufen deine Freunde? Nein? Na, dann pass auf …«

Die Volontäre sind furchtlos. Sie gehen bis an den Rand des Nullpunkts. Dorthin, wo die Kugeln der feindlichen Scharfschützen einschlagen. Schüchtern fragen sie nach Kugeln als Souvenirs oder leeren Granatwerferhülsen des RPG-26 für Ausstellungen in Schulen. Volontäre sind stur und auch verletzlich. Sie kränken leicht andere und sind selbst leicht gekränkt. Sie sind beleidigt, wenn man sie bittet, nicht zu kommen, weil man ausreichend versorgt ist. Sie sind beleidigt, wenn du sie nicht am Checkpoint 20 triffst, sondern sie bittest, zum Stab zu fahren. Sie sind beleidigt, wenn man nicht imstande ist, sie in den Kommandostand zu bringen. Sie sind beleidigt, wenn sie nicht ausreichend beachtet werden und kein Foto mit einer Kiste Backwaren auf FB gepostet wird. Er brachte diese Kiste aus Chmelnyzkyj (Ternopil, Kirowohrad) hierher. Er versprach den Bürgern von Starokostjantyniw (Tschortkiw, Kirowohrad), dass er kein einziges Stück Gebäck anrühren und die Kiste heil dort ankommen würde, zusammen mit den besten Wünschen für die ruhmreichen Soldaten und geliebten Vaterlandsverteidiger, und er nicht weniger als zehn Fotos von den Kisten zusammen mit den Soldaten machen würde. Er hielt Wort. Er brachte die Kiste. Übergab sie. Fotografierte sie. Und du wolltest das Foto nicht auf FB posten. Sollen die Leute nicht ihre Helden kennenlernen?

Volontäre handeln überlegt und akribisch. Strategie und Algorithmus des Handelns, Klassifizierung, Logistik, Methodik, Technologie und Prioritäten.

»Das heißt, ja, ihr habt zwei Stützpunkte. Sechs Außenposten. Einer versteckt. Zwei davon sind in Sichtweite der anderen drei. Und die drei können in alle Richtungen schießen. Man braucht also nicht vier, sondern drei Ferngläser und eine Wärmebildkamera. Außerdem sechs TPz. Drei sind bei der Inst. Einer ist eingegraben. Zwei fahren Patrouille. Ein Werkzeugkasten reicht also vollkommen.«

Manchmal handeln die Volontäre jedoch unüberlegt. Ihre Herzen sind so rein wie ein Weihnachtsmorgen. Ihre Absichten so selbstlos, und doch ruiniert Unachtsamkeit all die heiligen Bemühungen, all das gesegnete Mysterium der Volontärsarbeit, die nicht erst seit gestern die Nation als heiliges Sakrament heilt. Zum Beispiel, neben abgelaufenen Süßigkeiten und Gläsern mit schimmeliger Himbeermarmelade noch drei Säcke mit Frauenkleidern: Blusen, Gürtel, Röcke, Unterwäsche, Kapuzen von Jacken. Wir luden den Kram in der Nähe des Unterstands ab, bedankten uns bei den Volontären und verzogen uns in unsere Löcher, gebeugt von Scham und Gram. Zusammen mit diesen nutzlosen Gaben ließen die Freiwilligen einen Stapel einer Parteigazette für die anstehenden Wahlen zurück. Die Zeitungen wurden zusammen mit den Lumpen zum Heizen der Kanonenöfen verwendet. Die Marmelade nutzen wir als Gärmittel für die Herstellung von Schnaps in einem einhundert Liter Plastikfass.

Nur ein kleines rotes Kleid haben wir behalten. Wir hängten es auf einen Bügel im Bad auf. Als Erinnerung. Als surreales und überflüssiges Zeugnis. Als Kampfbanner.

Die Volontäre sind unsere Freunde. Kohle für den Ofen, Alkohol, Medizin, Werkzeug, Brillen, Kleidung, Schuhe, Zigaretten, selbstgemachte Backwaren und Konserven, Ständer für großkalibrige Maschinengewehre, Tarnnetze. Grüße aus dem Mutterland. Geschichten über andere Einheiten. Gemeinsame Bekannte. Heroische Fotos. »Niemand wird vergessen, nichts wird vergessen!«

In ihren Taschen tragen sie den Wind des Friedens, auf ihren Autodächern ist Erde, die seit siebzig Jahren keinen Krieg gesehen hat. Sie kommen müde und total erschöpft an. Vielleicht sogar noch erschöpfter als wir. Sie haben mehr gesehen als wir. Sie bringen uns die Zuneigung von Familien, die wir nicht kennen. Die Zeichnungen von Kindern, die wir nie sehen werden. Die Briefe von Frauen, die sich schon im Winter 2014 die Augen aus dem Kopf geheult haben, als man auf die Maidan-Demonstranten schoss. Sie sind unsere Freunde. Ich danke Ihnen. Ganz herzlich.

Hellgraue Zone

Die Stadt. Genauer gesagt, ein Teil der Stadt. Tot und schwarz wie der verkohlte Körper eines Panzerfahrers. In der Stadt leben etwa hundert Grubenarbeiter und ebenso viele Rentner. Die Häuser sind von Artilleriegefechten zerstört, die Straßen von Kettenfahrzeugen aufgerissen, ausnahmslos alle Fenster sind mit Brettern verschlagen. Der andere Teil der Stadt ist okkupiert. Dort sollen überhaupt Pest, Typhus und Cholera wüten.

Im Laden gibt es Armeekonserven, billige Zigaretten, Schokolade, Eau de Cologne »Sascha« und »Diplomat«, Halbfertigprodukte und abgelaufenen Kefir zu kaufen. Die Verkäuferin sagt, dass heute an den Checkpoints keine Autos mit Lebensmitteln durchgelassen werden. Vielleicht Ende der Woche. Vielleicht zu Monatsbeginn. Wenn die Hiesigen sich absprechen.

»Worüber absprechen?«, frage ich. »Worüber soll man sich absprechen? Hier ist es doch nicht okkupiert.«

»Sie haben ihre eigenen Deals. Bei ihnen entscheidet alles die Knete.«

Klar, die Knete entscheidet schon lange alles.

»Und wenn sie sich nicht einigen?«, frage ich.

»Dann werden wir uns mit euch absprechen«, sagt die Verkäuferin formell.

Sie hat ein ruhiges, graues Gesicht. Ihr Mann wurde erschossen, von wem ist nicht bekannt, als Komplize der Kämpfer, noch im Sommer 2014. Vater und Sohn arbeiteten in der staatlichen Kohlegrube. Kohle, hoher Aschegehalt, fettig, minderwertig. Bezahlt wurde die Hälfte oder ein Drittel des Gehalts von DTEK*, aber trotzdem nicht schlecht für die graue Zone (manche von uns nennen sie hellgraue Zone).

In solchen hellgrauen Zonen sind die Straßen speziell, leer und löchrig wie die Oberfläche des Mondes. Hier muss man sich schnell fortbewegen, über die offenen, unter Beschuss stehenden Abschnitte hinwegrauschen. Überhaupt ist schnelles Fahren mit kaputten »GAZellen«* und

UAZ-Kleintransportern normal geworden. Selbst wenn man unseren Aufenthalt am Nullpunkt als normal empfindet, dann erscheinen einem solche Siedlungen absurd und irrational. Es ist kaum vorstellbar, dass in diesen Häusern Menschen leben. Dass es sie hier dennoch gibt, verraten die Satellitenschüsseln und die Ofenrohre, die durch die Holzfenster nach außen ragen. Und du bist bewaffnet. Rast über den löchrigen Asphalt, versuchst dir die Umgebung zu merken, dir diese Augenblicke tief im Gedächtnis einzuprägen, ertappst dich bei dem Gedanken, dass all dies das schreckliche Elend anderer Menschen ist, das in deine Erfahrung übergeht.

Später kehrst du an deine Position zurück und freust dich über deine Höhle, die dir in einem Monat mehr zu einem Zuhause geworden ist als die Zelte in Riwne, die Kasernen in Hajsyn und Partisany, das verlassene Pionier-Lager bei Henischesk, der Waggon in Lasurne und zu guter Letzt noch einmal Zelte, diesmal auf dem Truppenübungsplatz Schyrokyj Lan.

Und die ganzen Filzstiefel, der Diesel, die Generatoren, das Dosenfleisch … All das ist so unbedeutend. Vor unseren Augen liegen die Kohlegruben, die Förderbänder der Rohstoffgewinnungsanlage, da ist ein Junge in Soldatenstiefeln und Trainingshose, zwei ältere Frauen, die unserer »GAZelle«* hinterherblicken, die staubigen Straßen und ein in die Luft gejagter LKW am Straßenrand. Es ist unser LKW, ein Militär-LKW. Mit Resten von vertrocknetem Fleisch in der ausgebrannten Fahrerkabine.

Der Gesang der Eisenbahn

Die Nacht bricht unerwartet herein. Die Dämmerung ist kaum wahrnehmbar. Vor einer Stunde kreisten wir um das Lagerfeuer und tranken den übriggebliebenen Kaffee vom Mittag, jetzt sitzen wir auf unseren Posten und warten auf Grüße vom Feind. Normalerweise vergeht die Nacht friedlich. Der Waffenstillstand im Herbst weist alle Anzeichen eines echten Waffenstillstands auf. Es regnet kein Eisen auf unsere Köpfe, und zufällige Schusswechsel von beiden Seiten sind eher gut, um in Übung zu bleiben. Aber der Feind kommt näher, und was wer auch sagen mag, wir spüren es. Selbst wenn die Späher durchs Gestrüpp kriechen und uns dann mitteilen, dass es keine Spuren gibt, wissen wir: Der Feind ist nah.

Die Nacht ist still und unheimlich. Wir sind zu zweit auf Posten, und so ist es schwer, eine Entscheidung zu treffen, falls etwas passiert. Und all die schrecklichen metallenen Geräusche, die vom Bahnhof Popasna herüberhallen. Schschtschsch-tschsch, als ob eine gigantische Maschine menschliche Seelen zermalmt. Schtsch! Und natürlich eine Stimme. Die Stimme der Fahrdienstleiterin, die als Echo über die umliegenden Felder geistert. Das unheimliche Geräusch des Bahnhofs macht uns bewusst, der Feind ist nah, er ist da hinter den Büschen, dort hat der Sniper sein Loch, versteckt sich, wartet ab, bis er einen vor sein Visier kriegt. Dann kracht es! Wieder Stille. Vielleicht eine Stimme – weiblich, angestrengt – jaahh! – ahhh! Jaah! Nichts zu verstehen, außer vielleicht, dass sich die Fahrdienstleiterin ihre bescheidenen anderthalb Tausend Hriwna im Monat erarbeitet. Und dann – Stille. Manchmal hört man einen Zug mit Schmuggelware in der Ferne vorbeifahren. Und dann – ganz in der Nähe – das Bellen eines Fuchses. Wir schweigen. In der Nacht machen wir unsere Waffen bereit … Rascheln … Knacken trockener Äste. Wir feuern aus allen Läufen! Auf den Feind! Der Dampf des Schießpulvers verklebt unsere Augen, verstopft unsere Ohren, und wir feuern weiter, ballern. Und dazu noch die Granatwerfer-Knarre. Bumm! Wir sehen nur die Krähen in den Himmel flüchten. Doch der Feind ist weiterhin hier, er ist nicht irgendwo. Er ist hier, ermutigt durch unser Feuer und die schweren Schläge des Metalls. Einen Moment später hören wir über das Funkgerät:

»Wer, verfickt noch mal, schießt da?«

»Das kommt aus 'ner Taiha«, antworten wir, und schieben es der anderen Gefechtsstellung in die Schuhe.

»O.K.«

Schulz hechtet aus dem nächstgelegenen Unterstand. Kommt zu uns rüber, reibt sich den Schlaf aus den Augen, klammert sich an sein Gewehr.

»Hey Deutscher, warum bist du rausgekommen?«, fragen wir.

»Es ist Krieg, da wollte ich nachschauen.«

»Sitz einfach da und schau dich um«, stimmen wir zu.

Schulz bringt Kaffee und italienische Kekse. Wir sitzen, kauen, lauschen den Bahnhofsgeräuschen und spüren den Feind. Es scheint, als hätte er die Absperrungen zu unserer Basis fast überschritten. »Gleich wird der Wichser eine Granate auf uns werfen.« Aber nein, er wirft sie nicht, er grummelt nur. »Bist du das, Markiz. Du Aas, hast uns erschreckt.« Die Katze kommt und wärmt sich am Ofen. Und wir wärmen uns. Und träumen natürlich. Jeder hat seine eigenen Träume.

Nachtwache

Der Krieg ist eine Lernäische Schlange mit verschiedenen Gesichtern. Dem einen erlaubt er, sich zu bereichern, sich mit Armeezeugs und dem Eigentum der Volontäre einzudecken, den Status eines »Soldaten im Kriegseinsatz« oder eine Beförderung zu erhalten. Ein anderer trägt tapfer das Joch der Rekrutierung, führt Befehle aus, macht sich über nichts sonderlich Gedanken. Noch ein anderer findet keine Ruhe, verdammt den Waffenstillstand und wartet nur auf das Kommando »Fass!«; sie brauchen nichts, nur ein paar mehr Granaten und Panzerabwehrwaffen. Es gibt auch solche, die an der Zweckmäßigkeit ihres Aufenthaltes hier zweifeln. Meistens schweigen sie, aber kommen sie einmal ins Reden, schütten sie ihr Herz aus und geben zu, dass sie ehrlich nicht verstehen, was das Ziel dieses Kriegs ist und wer hier gegen wen kämpft.

In fünf Monaten Wehrdienst habe ich so viele Leute kennengelernt wie davor in fünf Jahren nicht. Von den ständig neuen Bekanntschaften, den verschiedenen Persönlichkeiten und Schicksalen verschiedener Menschen, von den Gesichtern und dem Händedrücken ist in meinem Kopf alles durcheinandergeraten: Menschen schweben in einem schwarzen Fenster an mir, wie die Apostelfiguren der Prager Astronomischen Uhr, wechseln einander ab und haben Spuren in meinem Gedächtnis hinterlassen. Soldaten, Ärzte, Volontäre. Alte Männer und junge Burschen. Ehemalige Knastbrüder, Grubenarbeiter, Lehrer, Maidan-Teilnehmer, latente Revanchisten. Unter all diesen Menschen habe ich nur wenige gesehen, die eine klare Position zu diesem Krieg hatten. Und noch weniger Leute, die sagen konnten, wieso sie hier waren.

Persönlich habe ich mir, ohne lange nachzudenken, eine recht banale Antwort auf diese Frage zurechtgelegt. Und sie ist überhaupt nicht schmerzlich. Wieso sind wir hier? Weil irgendjemand hier sein muss. Waffenstillstand oder Eskalation, hin oder her. Wir sind hier, um sie aufzuhalten. Wen genau, ist nicht so wichtig: die ansässigen Traktorfahrer oder die Spezialeinheiten aus Russland. Sie tragen eine Waffe, das heißt sie bringen nichts als Zerstörung. Und selbst wenn die Gebiete dreimal so groß sein sollten wie der altehrwürdige Donbas, sie sind und bleiben ukrainisch. Deshalb befinden sich alle, die jetzt hier stationiert sind – Avatare, rückgratlose Rekruten, motivierte Kämpfer, Draufgänger, auf der Suche nach verlorenen Chancen, und übereifrige Macher – an diesem Ort, um sie nicht weiter vordringen zu lassen. Um sie endlich zu stoppen. Viele verstehen zwar vermutlich, dass längst nicht alles von uns abhängt. Aber manche verstehen, da bin ich mir sicher, gar nichts, nicht einmal ihren Beitrag zu dieser Sache.

Der Krieg ist seltsam. Zumindest die jetzige Etappe. Ehemalige Soldaten erzählen, dass sie am Anfang des Krieges trotz des totalen Chaos und des fatalen Saustalls ein Ziel vor Augen hatten: die Befreiung des Gebiets von den Banditen, den Sieg des anscheinend Guten gegen das anscheinend Böse. Der jetzige Krieg aber hat kein Ziel. Er ist eine Mauer. Ein Wachturm. Weiter kommen Kälte und die Wildlinge, Manke Rayder* und die »Weißen Wanderer«. Hinter dir liegt Westeros. Und wer auch immer dort herrscht, welche geheimen Geplänkel und Intrigenspiele es auch immer dort um den Thron gibt – ihre, das heißt unsere, Aufgabe ist es, die Mauer zu schützen.

Nur wenige Soldaten glauben an die Rückeroberung des Donbas. Der Sieg ist illusorisch. Eine Landmine, die zufällig im Gestrüpp explodiert, kann die gesamte Einheit für eine Stunde oder sogar zwei in Panik versetzen. Chaotische Ballereien von der anderen Seite oder von angrenzenden Positionen bestätigen, dass es sich um einen vollwertigen militärischen Konflikt handelt. Besonders in der Nacht. Deshalb nimmt man die Nachrichten über eine Waffenruhe skeptisch auf, nicht alle haben Nerven aus Stahl, und die Abkommen von Minsk oder Paris sind wie Plexiglas, durch das man bestenfalls Konturen gewisser optimistischer Hoffnungen sehen kann. Hier werden immer noch Menschen von Minen zerfetzt, und niemand ist sicher vor dem dummen Geballer betrunkener Kämpfer oder Armeeangehöriger.

Der Krieg wird so lange dauern, bis auch das letzte Waldstück entmint ist und die Checkpoints von wildem Wein oder jungem Ahorn überwuchert sind. Doch bis dahin werden die Soldaten der Nachtwache auf der Mauer stehen und in die kalte Dunkelheit starren. Sie hoffen auf nichts und warten auf nichts. Außer vielleicht auf die Ablöse, den Urlaub oder das Ende des Wehrdienstes.

Landsleute

Es ist wichtig, sich mit der Gegend, aus der man stammt und die man kennt, verbunden zu fühlen, und zu wissen, dass direkt neben dir ein Mensch sitzt, der die Straße entlanggegangen ist, in der du aufgewachsen bist, und der vielleicht sogar deinen Lehrer kennt und einige deiner Freunde und Verwandten.

Im Krieg ist es wichtig, jemanden aus der Heimatregion an seiner Seite zu haben, einen Landsmann. Auch wenn er nicht wirklich ein Landsmann ist, es reicht schon, wenn ihr nur eine Zeit lang in derselben Stadt oder im selben Gebiet gelebt habt.

Wer bin ich – Tscherkaser oder Kyjiwer? Ich habe in beiden Städten gleich lange gelebt. Die Wege, die aus Tscherkasy und Kyjiw führen, kreuzen sich wie die Maschen, wenn Mama strickt, und führen beide nirgendwohin.

Onkel Ljoscha, ein alter Wolf, gezeichnet von stürmischen Jahren als Pirat und Hirte im Altai, ist ein Landsmann aus dem Gebiet Tscherkasy, aber seine Stadt ist mehr als 200 km von der eigentlichen Stadt Tscherkasy entfernt. Seine Stadt ist zwanzig Kilometer vom Gebiet Winnyzja und fünfundzwanzig Kilometer vom Gebiet Kyjiw entfernt. Nach Kyjiw sind es einhundertachtzig Kilometer. Aber Onkel Ljoscha ist trotzdem mein Landsmann laut dem Tscherkasy-Merkmal. Onkel Ljoscha ist mein einziger wahrer Landsmann. Und ich bin für ihn der einzig wahre Landsmann. Er nennt mich scherzhaft auf Russisch »Nachbar Artjom«.

In meiner Kompanie gibt es drei Jungs aus Kyjiw. Ich hatte den Eindruck, dass auf jeden Fall sie es sein sollten – meine Landsleute, meine Seelenverwandten in diesem fernen Luhansker Raum, die Flamme treuer Bruderschaft auf feindlichem Gebiet. Aber einer von ihnen wurde rausgeschmissen, wegen Desertation entlassen, ein anderer wegen Alkoholismus.

Der dritte war ganz in Ordnung, wenn man das so sagen kann, er leistete am benachbarten Stützpunkt Dienst. Es heißt, er sei schlau und gerissen, treibe sich im Sanbereich herum, dränge sich den Sanis auf, hecke ständig was aus und trinke natürlich.

Onkel Ljoscha ist bei mir, Schulter an Schulter, sozusagen, seit der Zeit im Zug, der uns von Riwne nach Hajsyn brachte. Er ist der alte Mann mit den blauen Tattoos an den Fingern. Wir haben alles zusammen durchgestanden. Wir haben uns gestritten, versöhnt, haben getrunken, gegessen, waren zusammen im Dienst bis zum Morgen. Er ist um die sechzig. Er ist ein alter Haudegen, der in seinen Kreisen bekannt ist. Ich bin auch in meinen Kreisen bekannt. Und diese Kreise sind, sagen wir mal, ganz besonders.

Wenn sich der Alte aus irgendeinem Grund über mich ärgert, spricht er mich nicht als friedfertigen und höflichen Landsmann an, sondern nennt mich abfällig »Kyjiwer«. Für einen Menschen wie ihn mit einer schwierigen Vergangenheit, ist das ganz normal, die anderen nach ihren geografischen Merkmalen zu identifizieren: Kirowohrader, Tscherkaser, Donezker.

»Irgendwann kamen wir, die aus Tscherkasy, zu den Donezkern«, erzählte er einmal.

Ich kenne diese Typen aus Tscherkasy. Als wir jung waren, waren sie und ihre Gangsternamen in aller Munde. Es gab Legenden über sie. In den frühen 90er Jahren schrieben die Zeitungen über sie. Dieses Mal hörte ich gespannt seiner Geschichte zu, die näher an der Wahrheit zu liegen schien als die Mythen und Legenden. Und doch geht es um dieselben legendären Könige der Unterwelt.

Onkel Ljoscha ist Zeitzeuge dieser Bruderschaft, ein Landsmann wie ich ihn nie zuvor hatte. In meinem Leben begegnete ich Feinden, Freunden, Bekannten, Komplizen, Kollegen, Kameraden, Gesprächspartnern, Klassenkameraden und Studienkollegen, aber nie Landsleuten. Die gab es für mich nur in sowjetischen Filmen und ländlichen Traditionen. Landsleute waren ein aus der Mode gekommener und nicht allzu überzeugender Vorwand zum Trinken. Landsleute sind wie eine entfernte Großfamilie – Schwäger, Schwägerinnen,

Tanten und Onkel – die kaum noch zur gegenwärtigen kosmopolitischen und globalen Welt passen. Aber wenn man so darüber nachdenkt, passt auch der Krieg nicht gut in diese gegenwärtige Welt. Ein Landsmann ist ein überholtes Konzept, ebenso wie der Krieg. Anstatt etwas zu schaffen oder zu erfinden, Getreide anzubauen, den Weltraum zu erforschen oder auf Partys mit betrunkenen DJs zu gehen, sitze ich in der Steppe, eine Maschinenpistole in meinen Händen. Mit etwas, das Menschen töten kann. Mit etwas aus dem Mittelalter. Wenn irgendwann in der Zukunft Historiker unsere Gegenwart untersuchen, werden sie sie als Mittelalter bezeichnen. »Oh Gott«, werden sie entsetzt sagen. »Diese Menschen tranken Wasser aus Plastik, verbrannten Gas und töteten sich gegenseitig mit Metall!«

Ungefähr so hab ich immer über Landsleute gedacht. Diese Leute kümmern sich nicht um die Aufrichtigen und Ehrlichen, sondern um jene, die mit ihnen in derselben Straße leben! Aber jetzt habe ich Onkel Ljoscha. Meinen Landsmann. Und, mehr als das, er ist ein Freund im Dienst. Ein Waffenbruder. Ein Mensch, der sagt, was er denkt, kriminelle Neigungen hat und Witze über Homosexuelle macht.

Stille Sonne des Donbas

Vor einem Jahr entstand in mir der Wunsch, zur Armee zu gehen. Er brodelte einige Monate lang in mir. Die verschärfte Situation an der Front, eine tiefe Verbundenheit mit der Nation, der Ruf, seinen Beitrag zu leisten. Doch der Wecker läutete um halb acht, ich machte mich fertig, machte meinen Sohn für den Kindergarten fertig und dachte: »Himmel, ich halte alles aus, aber nicht das frühe Aufstehen. Und die Kälte … In der Armee ist es allgemein schwer, im Krieg umso mehr. Hier springe ich in die Metro, fünfzehn Minuten und schon sitze ich im Büro und trinke Kaffee, dort dagegen ist es dunkel, kalt und unheimlich, dort herrschen Krieg und Ungewissheit, jenseitiger Schrecken und urzeitliches Gemetzel – Metall gegen Menschen. Dort gibt es Gefangenschaft, Kastration und ewige Versklavung in den Bergen von Itschkerien.« Und für einige Zeit erlosch mein Wunsch, in den Krieg zu ziehen. Der Ruf, meine Pflicht zu erfüllen, verschwand aber seltsamerweise nicht.

Jetzt wache ich um ein Uhr nachts auf oder um fünf Uhr früh und gehe los. Es ist dunkel, kalt und manchmal unheimlich. Kein Problem. Es ist deutlich besser als im Büro. Hier gibt es auch Kaffee, die Kameraden haben ihn vorausschauend dagelassen. Und es gibt Waffen. Und man kann hinter jedem Busch austreten. Und an den Funkgeräten sitzen deine Jungs … Die Sonne geht schon auf, die Erde ist zu Klumpen gefroren, sie rieselt nicht auf dich herab, ein Blick in die Dunkelheit und zurück hinter die Säcke. Du schließt die Augen und denkst an Ewiges: die Familie, Kunst, Sex … Sogar an Gott denkst du. Manchmal. Ich mag das banale Gefasel über die Atheisten in den Schützengräben nicht, aber vor ein paar Tagen hat mir der Kaplan ein geweihtes Medaillon geschenkt. Besser gesagt – an die dreißig. Am zwanzigsten Checkpoint, gegenüber den gelb-blauen Buchstaben, die den Namen »Popasna« bilden. Er brachte Hilfsgüter, nahm mich zur Seite und fragte leise:

»Habt ihr Munition? Gib mir ein paar Päckchen 7,62er.«

»Hab ich nicht«, antwortete ich. »Ich hab nur 5,45er dabei.«

»Dann nimm das.« Und er gab mir eine Handvoll Medaillons. »Verteil sie an die Jungs.«

Eins hängte ich mir um den Hals. Statt einer Kugel oder eines weißen Plastikkreuzes. Besser gesagt nicht »statt«, sondern einfach so. Nicht, weil es mich beschützen sollte, sondern … Wieso eigentlich nicht? Es ist irgendwie so katholisch, ich habe nicht wirklich Ahnung, aber dieses Medaillon erinnert mich an Neapel. So sitze ich also in der nächtlichen Kälte mitten in der Steppe und denke an den warmen Süden Italiens und an die monumentalen Madonnen-Statuen aus Bronze, Marmor oder anderen Materialien, die einem auf Schritt und Tritt begegnen, und daran, wie ich unbezahlten Urlaub genommen habe, um dorthin zu fahren, und eine Woche lang nicht um halb acht aufgestanden bin …

Aber da, also hier, ist es gar nicht so schlimm. Zumindest nicht immer tödlich. Und wie ein Wunder färbt die Morgenröte tagtäglich den Himmel über der grauen Zone. Das ist die Sonne. Die stille und rettende Sonne des Donbas.

Der ewig gleiche Traum

Seit zehn Jahren verfolgt mich derselbe Traum. Ich muss wieder zur Schule gehen, um dort noch zwei oder drei Jahre weiterzulernen. Dieser Traum ist belastend und geheimnisvoll. Meine Argumente, dass ich bereits einen Hochschulabschluss, eine Familie, ein richtiges Leben habe, zählen nicht. Ich drücke wieder die Schulbank und überlege, wie ich mein normales Leben und diese Schule zusammenbringe, wie es sich aushalten lässt, die Hose auf der Schulbank durchzuwetzen und wohin vor Scham, wenn ich meinen Eltern in die Augen blicke? Ich habe die Schule doch längst abgeschlossen, aber – wie sich nun herausstellte – ist etwas schiefgelaufen, vielleicht habe ich nicht zum richtigen Gott gebetet oder einen Umschlag bei der falschen Person abgegeben, und deshalb habe ich kein Diplom bekommen.

Es ist wirklich ein schrecklicher Traum. Er lässt mich an die Zeit wie an ein Spinnennetz denken, das vom leichtesten Windhauch angestoßen werden kann, das bringt einem zu Bewusstsein, dass alles immer wiederkehren und andersherum laufen kann, selbst die Zeit kann abreißen, sich wie ein Wirbel um dich wickeln, einsaugen und im unangenehmsten, längst überlebten Zeitsegment ausspucken.

Heute habe ich zum ersten Mal von meiner Entlassung aus der Armee geträumt. Und noch bevor ich alle Unterschriften auf meinen Laufzettel zur Entlassung hatte und meine Ausrüstung einschließlich Stahlhelm und Sturmgewehr abgegeben hatte, erhielt ich eine Nachricht: Ich werde nochmal eingezogen, und nun weiß ich nicht, wie ich meiner Frau sagen soll, dass der Amsterdam-Trip gecancelt ist. Oder wie ich meinem Sohn sage, dass der Besuch des Fußballspiels zwischen Dynamo und Barcelona nicht klappt. Oder wie ich meinen Eltern mitteile, dass ich mein Jahr ehrenhaft und treu auf meinen Posten abgedient habe, alle ungeschriebenen Gesetze des Militärdiensts befolgt habe, gewissenhaft allen feindlichen Kugeln ausgewichen bin, zur vorgeschriebenen

Zeit gegessen habe und nicht ohne Helm aus dem Unterstand gekrochen bin?

Und so stehen die Jungs einige Meter entfernt von Mülltonnen, auf denen mit weißer Farbe »REU-4« steht. Auch sie haben die Nachricht erhalten. »Und wohin geht ihr?« frage ich sie. Danach weiß ich – nein, nicht mit mir. Der eine zum 3. Regiment, ein anderer zur 79. Brigade und wieder ein anderer zu den Bergziegen. Und ich? Wohin gehe ich? Noch einmal zu den Panzergrenis? Was soll ich ohne euch machen? Ich stehe in der Nähe meines Hauses in Tscherkasy, neben der Fernheizungsanlage und weine fast. In der einen Hand halte ich die Benachrichtigung und den Laufzettel, in der anderen Stahlhelm und Sturmgewehr. Soll ich sie abgeben oder nicht? Oder soll ich sie abgeben, mich abmelden, dann neue Ausrüstung fassen und abzeichnen?

Es sieht so aus, als ob nicht nur der Trip nach Amsterdam und das Fußballspiel gecancelt wurde, sondern mein ganzes Leben. Wieder das Ausbildungscamp, das Chaos der Armee, von Neuem so vertraute Gesichter, dass man kotzen möchte, neue Regeln, Kommandeure ohne militärische Erfahrung, das Formular Nummer vier zwecks »Kann ich zur Post gehen?«, oder »Was ist in der Tasche?« oder die »Nazgards an den Checkpoints?«

»Soldat mit Ausgangserlaubnis«, Verzicht auf Sex, Duschen, Schlaf, Pasta mit Meeresfrüchten und etwas Parmesan sowie trockenen Weißwein.

Und dann höre ich:

»Artem! Artem! Entschuldige, dass ich dich geweckt habe. Der Alte will sich die Infrarotkamera anschauen …«

»Plastilin, bist du das? Gleich, mein Schätzchen, hier, Infrarotkamera und Batterien …«

»Hast du Kippen?«

»Da! Behalt die Schachtel. Nein, schon gut, nimm sie. Ich habe eine ganze Stange. Gehst du zum dritten Regiment? Nein? Dann komm in der Früh auf einen Kaffee vorbei.«

Zu weit getrieben

Als wir auf dem Maidan standen, verfolgte jeder seine eigenen Ziele. Mein bester Freund wollte Fahrradwege. Meine Bekannten Smoothies und Cupcakes (ich übertreibe, klar übertreibe ich). Einem anderen wurde wieder sein Business und Wahlrecht genommen. Natürlich gab es auch solche, die ihre ganz persönlichen Interessen vertraten. Zumindest bewerten manche aus dem Osten den Maidan als Verkörperung der Mittelklasse und des Kleinunternehmertums.

Naja, und ich wollte Visumsfreiheit für die EU. Das war mein Mini-Standpunkt, dadurch bedingt, dass ich die europäischen Tourismusziele spät für mich entdeckte hatte.

Hier, in der Armee, begegnete ich ziemlich selten Maidan-Teilnehmern oder solchen, die die Revolution damals unterstützten. Die meisten waren für Stabilität. Der Dollar für acht Hrywnja als Maßstab allen Glücks. Ehrliches Banditentum ist vielen lieber als liberales Chaos. Und für viele von ihnen haben wir, die wir auf dem Maidan standen und demonstrierten, es zu weit getrieben. Politischer Kollaps, Krieg, Omas, die sich wegen der Gasrechnung aufhängen, seien das Resultat unserer Rufe »Weg mit der Banditenbande!« und »Die Ukraine ist Europa!«.

Smoothies und Cupcakes? Darüber lacht man hier. Wie soll man einem Grubenarbeiter aus dem Gebiet Dnipropetrowsk oder einem Imker aus dem Gebiet Winnyzja erklären, dass es in einem Lokal namens »Perdit Monocle« so etwas wie Mandarinen-Smoothie und Heidelbeer-Cupcakes gibt? Das ist im Großen und Ganzen lustig. Hier gibt es auch nichts zu diskutieren. Nicht das waren die Ziele des Maidan.

Fahrradwege? Wenn man durch den Schlamm stapft, abgelaufene Konserven verdrückt und in der Hoffnung, dass aus der milchigen Ferne nichts herüberfliegt, in die trübe, klamme Weite blickt, dann ist es seltsam, an Fahrradwege zu denken und von einem neuen, blauen Cruiser zu träumen. Man hofft vielmehr, dass man nach dem Krieg noch etwas hat, mit dem man in die Pedale eines alten »Ukrajina« treten kann. Fahrradwege sind im Mutterland zurückgeblieben, und das Mutterland ist etwas für Weiße. Sicher nicht für uns. Derweil. Überhaupt hält die Mehrheit der Soldaten all das für eine ausgeprägte Dummheit und Kapriole. Fast für pervers. »Fuck, die Leute haben nichts zu essen.« Und du kannst nichts dagegen sagen.

Die Frage der Visumsfreiheit ist ein uninteressantes Überbleibsel. Viel wichtiger wäre ein einseitiger Waffenstillstand. Die meisten Befehle des Oberkommandos erfahren wir übrigens aus den Nachrichten. Hier könnte ich diskutieren, mich festbeißen und zu beweisen versuchen, dass der Streitpunkt nicht der Streitpunkt ist. Dass der Maidan genau für diese Ziele kämpfte, dass die Visumsfreiheit vielen der Unsrigen die Augen öffnen, sie dem Wunderbaren näherbringen, ihnen das Schöne zeigen, sie herrliche Düfte einatmen lassen würde. Aber es gibt auch Gegenargumente: Auch auf der Piazza del Popolo wird ein Schwein nur Eicheln suchen. Und auch der Spruch vom Bock als Gärtner macht meine Hoffnungen irgendwie zunichte. Um was für eine Visumsfreiheit kann es auch gehen, wenn die Soldaten hier leben wie im frühen Mittelalter. Sie sagen: »Bald werden wir Läuse zerdrücken und Blut husten, und du laberst hier von Schönem und herrlichen Düften.«

Du gibst ihnen recht. Hier verliert vieles seinen Sinn. Vor allem, wenn du vor kurzem selbst noch ein halber Hipster aus der Hauptstadt warst, der davon träumte, talentiert wie Rimbaud und schön wie Rambo zu werden. Das Wort Smoothie entlockt dir ein mildes Lächeln, das Gehabe der Besucher des »Perdit Monocle« ein sardonisches Lachen. Im äußersten Fall homerisches Gelächter. Deine heutige Aufgabe lautet zu überleben und gesund zu bleiben, denn ein Drittel der Soldaten könnte man sofort ins Krankenhaus einliefern. Feuchtigkeit, Kälte, Schnaps, ungesundes (aber leckeres) Essen und der permanente Stress garantieren uns fröhliche Zeitvergeudung in vollen Krankenhaus-Wartebereichen. Klar, ich weiß, dafür sind Soldaten da: Sie sollen allerlei Mühsal ertragen und, wenn möglich, das Land verteidigen. Deshalb pfeifst du auf diese wunderbare und verlockende Scheiße, die die Städte schön und ihre Bevölkerung glücklich macht. Alles piepegal, bis du auf Urlaub fährst. Sagen wir, in die Hauptstadt. Für zwei Wochen. Und während du in den ersten Tagen noch der alte Soldat bist, der keine Worte der Liebe kennt, wirst du am Ende der ersten Woche in der großen Stadt aufgeschlossen, Tauwetter erweicht deine Seele, und ein seltsamer Gedanke schleicht durch deinen Kopf: Vielleicht sollte ich ins »Perdit Monocle« gehen?

Weil, weil. Wahrscheinlich, weil du hier durch Schlamm, Staub und Diesel stapfst, den Unterstand mit kleinen Nagern teilst, mit offenen Augen schläfst und an das unerfüllte Glück glaubst, um später mit reinem Gewissen und in einem von Fäulnis befreiten Land auf deinem neuen, blauen Cruiser direkt nach Europa zu strampeln.

Ein besonderer Herbst

Dieser Herbst ist einzigartig in meinem Leben. Vielleicht sollte ich gerade über diesen Herbst einen besonderen Text schreiben. Etwas im Geiste von Prischwin* oder Charms. Es wird dabei nicht um den Krieg gehen, sondern um die Erde. Eine Geschichte über die Schwarzerde. Oder über die Füße eines Soldaten. Oder über Mäuse. Über ihren Tod. Mäuse sterben auf viele Arten: Sie fallen einem tot auf den Kopf, sie vertrocknen in unseren Rucksäcken, sie verbrennen in den Kanonenöfen, sie verrecken, weil sie sich mit Keksen der Marke »Marsch« überfressen haben.

Darüber könnte man schreiben oder besser einen Choral über Soldatenfüße und Feldmäuse singen. Mit einem feierlichen Chor, begleitet von einem Cembalo. Das wäre eine schwülstige Verklärung unsres Lebens hier. Und in der Geschichte gäbe es die Kapitel »Nasses Holz«, »Der Klang der Stille« und sogar »Eingeseifte Hände«. Und kein einziges Wort über Krieg, Waffen oder Kriegstechnik. Eine Art Survival-Absurdität, eine Wald-Groteske, eine unterirdische Posse. Und all das würde ein Chor von Fähnrichen unbeirrbar vortragen. Und wenn es um den Tod von Mäusen ginge, stampften die Fähnriche mit den Füßen auf. Mit den Füßen eines Soldaten.

Wir haben übrigens eine Kampffahne, die Fahne, die es aus Sawur-Mohyla, der strategisch bedeutenden Anhöhe bei Donezk, hierher geschafft hat, die ein schweres Gefecht unterhalb von Maryniwka erlebt hat; diese Fahne wurde verletzt und verstümmelt, und dabei hat sie Angst vor Mäusen. Sie schlief bis zuletzt auf der Straße, bis man uns eine ganze Kiste mit »Tod« brachte. »Mäusetod«. Kleine Tütchen wie Teebeutel mit türkisfarbenen Pillen drin. Der Tod tritt nicht sofort ein. Zuerst kommt es zu einem Paroxysmus, der Blutdruck steigt, dann hektische Aktivität, Wahnsinn, Raserei, Tod. Hässlich und zweifellos schmerzhaft, wie es normalerweise im Krieg zugeht. Ein türkiser Tod, mit schwitzenden Körpern in feuchten, unterirdischen Gängen, wegen der

Liebe zu ukrainischen Soldaten und dem Unwillen, über die Felder zu huschen und Körner zu suchen. Dabei war die Ernte ausgefallen, weil unterhalb der Stadt Popasna eine heftige Panzerschlacht getobt hatte. Und die Fähnriche bringen den toten Mäusen ein Ständchen und stampfen mit ihren gelben, rissigen Absätzen auf der schwarzen, rissigen Erde. Und der Geruch von säuerlichem Borschtsch zieht zu den feindlichen Stellungen hinüber, und das begeisterte Pfeifen der Möchtegern-Kosaken wird die Aufmerksamkeit unserer Beobachtungsposten erregen. Und die Mäuse … jene, die überleben, rückten an den südlichen Rand, in die Nähe von Perwomajsk, der orthodoxen Kosakensiedlung, die von ukrainischen Verteidigungspunkten umgeben ist.

Und wenn dieser besondere Herbst zu Ende geht, wenn die Schwarzerde im Frost erstarrt, dann werden die Soldaten ihre Wollsocken anziehen. Dann werden wir die Kanonenöfen mit Birkenholz heizen, Neujahrsgirlanden an die Lehmwände der Unterstände hängen und auf die ewige Ruhe des russischen Separatisten-Otaman Drjomow mit den Elefantenohren trinken, selbst wenn er noch lebt. Und die Unteroffiziere mit ihren wohlklingenden Stimmen werden am Rande des Minenfeldes stehen, das uns von ihnen trennt und singen. Feierlich und laut, als sei es das letzte Mal. Unweigerlich zerstampfen sie das Eis der gefrorenen Pfützen unter ihren Füßen.

Diesen Herbst werde ich nie vergessen und bis ans Lebensende im Herzen tragen. Wie etwas sehr Intimes. Ich werde mich nur in Momenten des Glücks an ihn erinnern. Wie außergewöhnlich er war.

Fast wie in der Anekdote

»Walik, das Schwein, sitzt in dritter Linie, ruft seine Frau an und schwafelt irgendwas davon, dass er die Gedärme seiner Freunde eingesammelt hat«, schreit mein Kommandeur verzweifelt, als er von seinem Landsmann erzählt.

Es gibt etliche solcher Geschichten. Schon im Ausbildungscamp hatte es Leute gegeben, die ihren Freunden oder Verwandten nachts von heißen Gefechten und permanentem Granatwerferbeschuss erzählten. »Wieso ich betrunken bin? Schätzchen, wie soll man hier nicht saufen? Ich habe in der Nacht Stopka, der eine Kopfverletzung hatte, am feindlichen Checkpoint vorbeigeschleppt.« Das Schätzchen beginnt zu heulen, sitzt zu Hause, bekommt graue Haare. Der würzige Valocordin-Geruch zieht sich wie eine unauslöschliche Schleppe bis zum Treppenabsatz. Die Nachbarn beruhigen sie. Den Kindern sagt man nichts. Er soll lebend zurückkehren. Vielleicht ohne Arme, vielleicht ohne Beine, Hauptsache lebend. Unser Kolinka. Unser Verteidiger.

Der Verteidiger läuft unterdessen zum nächsten Dorf, um Nachschub zu holen. Am Kontrollposten wartet Stopka. Nach zwei Tagen Militärgefängnis hat er gehörigen Alkdurst. »Leihst du mir bis fünfzehnten einen Fünfziger? Ich geb's zurück, schwöre!«

Ein anderer hält bereits zwei Monate bei Isjum Lastwagen und zivile PKWs an. Er hat Glück, wohnt in einem Café, auf dem Posten gibt es einen Ofen. Zigaretten, Wodka, kleine Geldbeträge wandern täglich in seine Tasche. Ja, die Versorgung ist nicht nationalgardistisch, aber leben kann man so. Nur traurig ist es irgendwie schon. Schwermut vergiftet die Seele. Zu Hause, im heimatlichen Starokostjantyniw, wartet seine Natulitschka. Er ruft sie an, heult: »Gestern haben sie unseren halben Zug niedergemetzelt, haben einen BM-21 auf uns abgefeuert, ein Sniper treibt sich herum. Ob ich verletzt bin? Ja, also nein. Eine Prellung. Zwei Prellungen. Ich liebe dich, betet für uns. Ja, schick mir Wurst. Küsschen.«

Mein Freund, der Bienenzüchter Sanja B., hat nur seinen Schwestern gesagt, wo er ist. Die Mutter ist nach wie vor überzeugt, dass er auf dem Truppenübungsplatz bei Mykolajiw ist. »Die Ausbildung ist schrecklich langweilig, Mama.«

»Wieso soll sie sich Sorgen machen? In drei Monaten ist mein Wehrdienst zu Ende, dann erzähle ich ihr alles. Wir werden darüber lachen.«

Der alte Kolja mit dem Spitznamen »Kaliber 45« kämpft schon das zweite Jahr. Er hat Debalzewe* überstanden. Hat mehr gesehen als die psychischen Ressourcen erlauben. Manchmal geht es mit ihm durch, dann trinkt und weint er. Für seine Eltern ist er in Charkiw auf Arbeit.

»Meine Mutter ist auch so schon ganz weiß, und der Alte hat es mit dem Herzen.«

Die einen gehen und kontrollieren ein Waldstück von hundert Metern und schreiben schon ihr Testament, rufen alle Bekannten durch, um von den eigenen Heldentaten zu berichten, machen sich zum Superhelden. Andere nehmen an gefährlichen Schusswechseln teil, fahren erbeutete Spähpanzer aus der Kampfzone, kriechen stundenlang durch Minenfelder und liegen am »Spähposten«, den Ihrigen erzählen sie aber, wie öde es auf ihren Positionen sei. »Ob sie schießen? Wer interessiert sich schon für uns, bei uns ist alles ruhig. Wie in einem Panzer.«

»Sie ist tot«, teilte mir der Kommandeur mit.

»Wer?« Ich verstand nicht.

»Weißt du noch, ich habe dir von dem Schwein Walik erzählt, der bei Lysytschansk sitzt und jeden Tag seine Frau anruft. Einmal hat er ihr einen Haufen Müll vorgelabert, und zehn Minuten später – aus, vorbei, das war zu viel für ihr Herz. Sie konnte nicht wiederbelebt werden. Zwei Kinder. Fast wie in der Anekdote.«

»In welcher?«

»Weiß ich nicht mehr.«

Der 11120. Tag meines Lebens

Ich habe die letzten anderthalb Monate des Jahres 2008 verschlafen. Wir haben verschlafen. Meine Frau und ich. Wir gingen um 22 Uhr ins Bett und wachten um die Mittagszeit auf. Die Finanzkrise war auf ihrem Höhepunkt, das Geld wurde knapp, und wir hatten keine Motivation zu arbeiten. Die Lethargie sog uns auf, wir hatten fast keine Lust mehr zu leben.

Ich erinnere mich, dass wir eines Abends beschlossen, was Neues auszuprobieren. Am Ende haben wir im Kasino vierzig Greenbacks versenkt. Wir mussten unsere Lebensweise ändern und dazu unser Umfeld, wollten einen Tapetenwechsel. So beschlossen wir, aufs Land zu ziehen. Nicht wegen der vierzig Dollar, sondern aus Gründen wie Frustration, Orientierungslosigkeit und Erschöpfung.

Heute fühle ich etwas Ähnliches. Die totale Absenz jeglicher Lust zu handeln, zu wollen, zu träumen. Als ich gestern früh neben meinem Kameraden aufwachte, kamen wir zu dem Schluss, dass uns das Fehlen der Fenster nervte. Einfach aufwachen und aus dem Fenster schauen. Auf Bäume und Vögel, das dunkle Wasser und den dichten Nebel, auf den nassen Asphalt und die Werbeplakate an der Ecke, auf die Regenschirme und Kinder. Und sogar auf die Penner. Doch um hier das Tageslicht zu sehen, muss man sich anziehen und nach draußen in den Frost, Wind und Nebel kriechen.

Im Unterstand ist es hell und warm. Sogar heiß. Wlad heizt so sehr ein, als hätte er wegen eines Kälteschocks ein Kindheitstrauma. Wir triefen vor Schweiß, wir werden von Fliegen belästigt. Gestern kam einer betrunken zurück und verschüttete Kondensmilch auf dem Tisch, jetzt sind Schlafsäcke, Latschen und Taschen klebrig-süß. Die Mäuse sind so frech geworden, dass sie in unseren Jackentaschen schlafen. Sie haben hier ihr eigenes Leben. Essen, Spaß, Sex, Tod. Vor ein paar Tagen habe ich drei Kadaver unter meinem Kopfkissen gefunden. Verwest, stinkend, mumifiziert.

Ich hoffe, dass der heilige Nick uns am 19. Dezember etwas anderes bringt. Vielleicht bringt er auch gar nichts. Ich will nichts. Nicht einmal den Weltfrieden, denn dann hätte unsere Anwesenheit hier keinen Sinn mehr. Doch wir würden so oder so hier sitzen, und ich würde sowieso über Schnee und Dreck schreiben, über Blut und Tod, über Sex und Fett, über Liebe und Benzin. Über Alkohol und Abraumhalden. Über Waffen und die Scheißerei der Truppe. Über den Morgen, über den Abend, wieder über den Morgen und wieder über den Abend und dann über die Nacht.

Wie war die Nacht?

Wir haben geschossen. Ins Feld, in den Schnee und den Himmel, auf die Bäume und auf den Feind. Es heißt, jemand wurde getötet. Man fand eine Kubanka (so eine Persianermütze mit rotem Samtdeckel und weißem Kreuz) und viel Blut im Schnee.

Abends (hier dämmert es ab 16 Uhr) sieht man gar nichts mehr. Selbst in den Dörfern habe ich das noch nicht erlebt. Im Großen und Ganzen ist die Finsternis aber nicht angsteinflößend. Selbst wenn man mitten in der Nacht vom Beobachtungsposten weggeht, hat man das Gefühl, als schwimme man durch die dichte Dunkelheit. So dicht ist sie. Das Stromaggregat röhrt, Wasser fließt, einige Gestalten in einer Stellung hinter uns erleuchten den Himmel mit Laternen. Irgendwo scheppert es, jemand streitet sich, Nachbarn stehen bis zur Hüfte im Schlamm und hacken Holz. Weiter ist nichts zu sehen. Weiter braucht man sowieso nicht zu sehen. Das Wichtigste ist, dass keiner betrunken sein Magazin leerfeuert. Und auf der anderen Seite steigen wieder Signalraketen auf. Es heißt, in so einer Nacht kann alles passieren. Wir sitzen, wir warten.

Leonidowytsch, der neue Zugführer, war da. Brachte Würstchen, bediente sich an den Keksen, erzählte uns die neuesten Gerüchte und Nachrichten, beklagte sich über die Vorgesetzten, versprach Beförderungen, bat uns, die Befehle zu unterschreiben, schlug uns vor, am Morgen Holz zu holen.

Wir lehnten ab.

Und irgendwo da draußen, vielleicht ein paar Dutzend Kilometer entfernt, war der Krieg schon lange vorbei. Für die allermeisten. Krieg ist nicht interessant …

Ich würde gerne bis Januar schlafen. Oder wach sein, aber nicht hier.

Der 75. Tag an vorderster Linie.

Der 203. Tag in der Armee.

Der 11120. Tag meines Lebens.

Das Wunder ist nicht geschehen

Alle, die einmal an vorderster Front gekämpft haben, werden bestätigen, dass die größte Angst der Soldaten darin besteht, im Unterstand getötet zu werden. Die Möglichkeiten sind vielfältig. Von Tschetschenen, die kommen, um schlafende Soldaten abzustechen, bis hin zu Granaten, die auf deine Höhle abgefeuert werden. Auch wir spüren sie. Die Angst, meine ich.

Fast jeden Abend denkst du beim Einschlafen: Ob diese Nacht wohl meine letzte ist? Irgendwie wäre es unmenschlich, wehrlos zu sterben, einfach so, in Unterhose und Unterhemd, während du vom Mutterland träumst, ohne Chance, dich zu verteidigen, denn du wirst ja nicht jeden Abend die Maschinenpistole mit in den Schlafsack nehmen. Obwohl auch das schon vorgekommen ist, gebe ich zu. Besonders wenn du alleine im Unterstand bist. Klar, ein, zwei Kampfmesser liegen immer unter dem Kopfkissen. Für alle Fälle.

Folgende Geschichte haben mir Soldaten unseres Bataillons erzählt, die ihren Militärdienst schon im August beendet haben. Es war im Dezember 2014, die Unsrigen standen zwischen Wolnowacha und Mariupol. Ihre Hauptaufgabe bestand darin, eine Brücke zu bewachen, unter der zirka eine Tonne Sprengsätze gelagert war. Kurz gesagt, im Fall des Falles sollten sie die Brücke verteidigen oder in die Luft jagen. In der Nacht vor dem Nikolaustag, als die einen auf ihren Posten waren und die anderen sich in ihren Höhlen ausruhten, beschloss ein Soldat, dessen Frau für die ganze Kompanie Lebkuchen gebacken hatte, durch die Unterstände zu gehen und jedem Soldaten ein Nikolaus-Geschenk unter das Kissen zu legen. Diese gut gemeinte Sentimentalität wäre fast nach hinten losgegangen. Man kann sich schon denken, dass der Soldat von seinen Kameraden fast abgestochen wurde, weil sie so erschraken.

Bei uns gab es auch einen derartigen Vorfall: Der SamPolit hatte die Idee, um drei Uhr nachts in unseren Unterstand zu kommen und uns irgendetwas Unwichtiges mitzuteilen.

Auf die Warnung »Fuck, wer ist da? Ich schieße!« – keine Reaktion. Es kam auch vor, dass jemand schoss. Aber nur in die Wand, als Warnung.

Irgendwie hatte ich naiv für mich entschieden, dass unser SamPolit in dieser Nacht auf jeden Fall mit irgendwelchen Geschenken durch die Unterstände gehen würde. Bestimmt doch! In den letzten zehn Jahren hatte mich der heilige Nick kein einziges Mal vergessen (ob das wohl mit meinen zehn Jahren Familienleben zu tun hat?). Und jetzt soll der Krieg alles zunichtemachen? Nein. Damit bin ich nicht einverstanden. In der Nacht wachte ich ein paar Mal auf, steckte meine Hand unter das Kissen, in der Hoffnung, dass es dort endlich rascheln würde. Aber jedes Mal stieß ich auf schwarze Leere. »Vielleicht haben zumindest Wlad oder Sanja daran gedacht, eine kleine Schokolade unter unsere Kissen zu legen?« Und als nächstes dachte ich: »Und ich? Habe ich dran gedacht? Habe ich ihnen etwas hingelegt? Nein? Rühren, Soldat!«

Dieses Jahr hat mich der Nikolaus umgangen, wie große Flüsse Berge umgehen. Er hat es ganz banal nicht bis an die Front geschafft. Vielleicht hatte er Schiss. Ich bin mir sogar sicher, dass er Schiss hatte. Wer will schon in gottverlassene Gegenden fahren, um gottverlassene Menschen zu beschenken. Wozu die Mühe? Wer zahlt den Gefahrenzuschlag? Ich würde auch nicht fahren. Ukraine, Syrien, Afghanistan, Südsudan. Nie im Leben. Wenn ich nicht irre, hat Nick nichts versprochen. Besonders nicht, dass er gerecht und frei von Angst ist.

Aber ich muss zugeben, dass ich mir etwas von ihm gewünscht habe. Etwas, das man nicht unter das Kissen legt: gegenseitiges Verstehen, Gerechtigkeit, Verstand (das kommt von Sanja B.) und verchromte Eisenhanteln zu je sechsunddreißig Kilo.

Silvester

Es heißt, mehrere Transporter mit Volontären seien ins Hauptquartier gekommen, die Kleinigkeiten für Silvester dabeihatten. Kekse, Süßigkeiten, einige nette Überraschungen und sogar Alk: Jemand meinte, er habe Kognak gesehen. All das für die Kerls, die Neujahr in ihren Unterständen feiern müssen, weit weg von ihren Familien.

Für unsere Lieblinge. Unsere Jungs. Unser Ein und Alles.

Aber die Jungs, die Lieblinge, bekamen nur eine Kiste mit Mandarinen, Keksen und dazu ein paar Tannenzweige. Einen davon haben wir an die Decke gehängt. Der Fähnrich Jura hat uns erzählt, dass Mäuse Angst vor dem Duft von Tannenzweigen hätten. Er hat geflunkert.

Die Vorbereitungen für die Feiertage sind dort die gleichen wie bei uns, besser gesagt, sie sind hier genauso wie dort. Am Morgen des 29. Dezember begleiteten Wlad und ich Sanja, der Heimaturlaub erhalten hatte, und eilten ins Zentrum von Popasna, wo wir zwei Flaschen Schampus, Zutaten für Salate und einen Haufen Kleinigkeiten für den Alltag kauften.

Von zu Hause bekam ich eine Dose roten Kaviar, Wurst und eine Flasche mit köstlichem Alkohol. Den Sekt haben wir gleich ausgetrunken, wir hatten das Blubberwasser zu sehr vermisst, deshalb musste Wlad am nächsten Tag wieder in die Stadt fahren.

Am 31. Dezember um 6 Uhr morgens sollte es eine Übung geben, Schießtraining, Fahrten zu Demonstrationszwecken mit gepanzerten Fahrzeugen in die umliegenden Dörfer. All das fand statt, um den Treibstoffverbrauch abzuschreiben, und natürlich roch es nach kriminellen Machenschaften.

Wlad und ich wachten entspannt auf, da Leonidowytsch uns zu Hause gelassen hatte. Mit anderen Worten, im Unterstand, wahrscheinlich wegen vorbildlichen Verhaltens. Um 8 Uhr morgens hatten wir bereits »Forrest Gump« gesehen. Wir gingen ins Waschhaus, schliefen noch ein wenig, schossen nur so zum Spaß in die Stille des Silvestertages und lauschten dem Echo. Zum Mittagessen gönnten wir uns die Flasche mit leckerem Alkohol.

Am späten Nachmittag luden wir Onkel Ljoscha ein. Wir tranken wieder. Dann gab es ein Feuerwerk, nicht schlechter als in der Stadt. Leuchtspurmunition und Signalraketen flogen von unserer Seite und der gegnerischen Seite in den Silvesterhimmel. Als unsere Steppenpiraten voller Begeisterung in gepanzerten Fahrzeugen aufbrachen, um den Separos ein »Frohes Neues« zu wünschen, purzelte ich ins Bett. Aber ich wachte ein paar Mal auf, weil unsere Nachbarn mit hochrotem Kopf in den Unterstand kamen und uns einluden, mitzukommen, sich für irgendetwas entschuldigten, tranken, sich bei der Schokolade und den Orangen bedienten, sangen, dann lange gar nichts sprachen, ihre Schals und Handyhüllen vergaßen, dann rannten sie wieder raus, feuerten ein paar Magazine ins Nirgendwo, luden nach, liefen weiter in die Dunkelheit, in den Frost, in die schwarzen Löcher, die sie von einem Ort zum anderen transportierten – von einem Unterstand zum anderen –; begrüßten ihre Freunde, tranken gemeinsam Fusel (ich glaube, dass um 3 Uhr morgens nur noch Spiritus übrig war); und wieder feuerten sie Leucht- und Signalraketen in den Himmel, ließen sich in den unberührten Schnee fallen, machten Schneeengel und dankten Gott, dass sie noch am Leben, glücklich und betrunken waren.

Am Morgen weckte mich eisige Luft (jemand hatte den Eingang nicht abgedeckt), in einem Becher bemerkte ich Sektreste. Es roch wie damals, als ich noch ein Kind war. Abgestandener Sekt riecht nach Glück, Geschenken, Essensresten von Silvester und alten sowjetischen Zeichentrickfilmen. Ich zog mich schnell an, nahm meine Waffe und ging hinaus, um die Jungs bei der Wache abzulösen. Der weiße Schnee blendete in den Augen. In der Nähe des Waschhauses gab es eine Schlägerei. Anscheinend hatten wir einen neuen Koch …

Verantwortung

Manchmal glaube ich zu wissen, wie man kämpft. Was man zu tun hat, wo man die Abwehr positionieren, wohin man sich im Fall einer fatalen Notwendigkeit zurückziehen und welche Positionen man einnehmen muss, und vor allem, wie man die Disziplin seiner Truppe verbessert. Manchmal glaube ich, ich könnte einen Zugstützpunkt oder einen Kompaniestützpunkt leiten, könnte ein scharfsinniger SamPolit und später sogar Zugführer werden. Ein bisschen analytische Gewieftheit, ein paar pädagogische Gespräche, Sinn für Humor und natürlich Durchhaltevermögen. Aber ich glaube es nur. Manchmal.

In Wahrheit ist es eine überaus undankbare Aufgabe, eine Truppe anzuführen. Wie jede Position mit Verantwortung eigentlich. Die Armee ist verbürokratisiert. Die Vertikale bröselt wie die »Pochid«-Kekse der E-Packs, aber es gibt sie. Soviel du auch auf dich nimmst, du purzelst hinunter. Du kannst niemals etwas beweisen, besonders wenn dein Kommandeur ein Personalmanager oder rekrutierter Beamter ist. Für sie ist Papierkram und die Einhaltung der Hierarchie alles. Die Erfahrung zeigt, dass es deutlich einfacher ist, seine Ziele zu erreichen, wenn man Abzeichen und Köpfe überspringt (Urlaub, Ausstattung, Erhalt von Bestätigungen oder Auszügen aus Befehlen oder das Lösen jedes anderen Problems). Natürlich ist das eher die krumme Tour, aber anders kommt man zu nichts. Während es bei mir, einem einfachen Soldaten, nicht so strenggenommen wird, erfordert eine Position mit Verantwortung das klare Befolgen aller Regeln, das Erledigen von Papierkram, die Einhaltung aller Anordnungen und Hierarchien. Und später bei der Besprechung nehmen sie dich von hinten. Das ist in der Regel schmerzlich und erniedrigend. »Was wolltest du, du Depp, du hast die Verantwortung.«

Ich weiß noch, wie sich die Männer ernsthaft darüber unterhielten, dass ich SamPolit werden sollte.

»Du hast einen Uni-Abschluss und bist klug, du wirst Unterleutnant und dann Leutnant. Komm schon!«

Sie hatten ihren Spaß. Und aus.

»Also komm!«

Nein, danke. Erstens wird niemand meine Bewerbung ernsthaft in Betracht ziehen, und zweitens würde ich z.B. den Papierkram nicht stemmen. Außerdem würde ich mir unter denen Feinde machen, mit denen ich mir tags zuvor noch das Dosenfleisch geteilt hatte, würde durch die Unterstände laufen, um die Unbändigen zu bremsen, würde mich vor dem Bataillonskommandeur rechtfertigen, dabei den Blick senken, ich wüsste die Namen aller Militärpolizisten, würde die Versager aus ihren gierigen Händen befreien, und am Ende würde ich alle Dokumente verlieren, die die Jungs für den Erhalt ihrer Bescheinigung als »Soldat im Kriegseinsatz« abgegeben hatten.

»Nein, danke.«

»Sicher?«

»Ich bin ein Gefreiter, mein Platz ist mit Waffe und Wärmebildkamera am Spähposten.«

Verantwortung ist eine fürchterliche Sache. Unser ehemaliger Kompanie-»Maestro« erlitt einen stillen Infarkt. Unser Zeugmeister wird sich noch lange nicht von seinem Posten erholen. Leonidowytsch, der ehemalige Kommandeur unserer Kompanie, hat dreißig Kilo abgenommen. Und wenn ich denke, dass ich weiß, wie man zu kämpfen hat, begreife ich, dass ich in Wahrheit ein gewöhnlicher Schisser bin, der sich ganz banal davor fürchtet, Verantwortung zu übernehmen. Für seine Entscheidungen, für seine Truppe. Mir wird klar, dass es als Soldat einfacher ist, und danke Gott dafür, dass ich kein Offizier bin, und dem Universum danke ich, dass ich kein Feldwebel oder so was bin. Maximal werde ich Truppführer. Und Offiziere betrachte ich irgendwie mit neuen Augen. Manchmal tun sie mir einfach leid. Auf menschlicher Ebene. Und selbst profitable Posten, nach denen du entweder zur neuen Datscha oder ins Gefängnis reist, verlangen von den Offizieren Gallonen an Nerven und Barrels an Ausdauer.

In Wahrheit habe ich keine Ahnung, wie man zu kämpfen hat. Und wie man ein Land lenkt. Und wie man das Kabel einer Lampe repariert.

Unter Null

Wir hatten für anderthalb Monate Minustemperaturen herbeigebetet. Und zwar wegen des Morasts unter unseren Füßen. Manchmal, wenn man vom Unterstand zur Küche oder zum Wachposten stapfte, schleppte man pfundweise Lehm mit sich herum und verfluchte die ganze Welt, den Krieg, das eigene Schicksal und diese verdammte Schwarzerde.

Die Erde hier ist fettig wie Leberwurst aus der Dose, der Lehm klebrig wie gekneteter Teig. Er pappt nicht nur an den Schuhen, sondern auch an der Kleidung, den Händen, den Haaren. Man sieht aus wie ein GAZ-66 und wundert sich, dass so was sich überhaupt bewegt. So wie wir.

Ende Dezember brachen eisige Temperaturen über uns herein. Das Leben kam in geordnete Bahnen, die Bewegungen beschleunigten sich, die Logistik wurde besser. Aber die Temperatur sank auf minus fünfundzwanzig Grad … Nun, wir hatten damit irgendwie gerechnet, sicher, aber es beunruhigte uns trotzdem. Ich glaube, so wartet man im Vorkarpatenland jedes Jahr auf das Hochwasser.

Letzten Winter, als ich ausschließlich auf asphaltierten Wegen oder mit öffentlichen Verkehrsmitteln unterwegs war, als ich jeden Tag auf einer weichen Matratze schlief, Kefir trank und täglich eine Grapefruit aß, konnte ich mir nicht vorstellen, wie es die Soldaten an der Front aushielten, wie sie bei minus fünfzehn Grad überlebten. Wie sie sich wuschen, aufs Klo gingen, ihre Klamotten wuschen?

Werden sie nicht krank, die armen Kerle, frieren ihnen nicht die Finger ab, wenn sie auf ihren Posten stehen oder auf der Lauer liegen. »Das könnte ich nicht«, dachte ich, während ich beim Schälen einer Grapefruit aufpasse, dass der Saft nicht in mein entzündetes Nagelbett läuft.

Es zeigte sich, dass ich es konnte. Das heißt, dass ich es kann. Und ich fühle mich sogar gut dabei. Irgendwann schimpfte einer über meine Unzufriedenheit mit der Ausbildung in Riwne, meinte: »Stell dich nicht so an, hast bei minus siebzehn Grad noch nie auf ein Feld geschissen. Wenn du's kannst, ist alles okay, dann kommst du durch.« Im Moment sind alle Lebensmittel gefroren, das Wasser hat sich in Eis verwandelt, die Luft in etwas Hartes und Stechendes, und das Holzhacken – naja, das ist jetzt so eine typische Armeeversion von Sport. Apropos Holz. Anscheinend gabs nur eine einzige Lieferung vom Stabsquartier. Anfang Oktober, eine letzte Wohltat von ganz oben. Kettensägen und Sägen haben wir unsere eigenen, gekauft von dem Geld der Volontäre, ebenso wie die Äxte. Die Einheiten im Donbas holzen gnadenlos ab, die Sägen glühen geradezu, denn die Baumstämme sind mit Kugeln und Granatsplittern gespickt. Sich waschen? Zuletzt im alten Jahr. Es heißt, das härtet einen ab. Fokussiert den Geist, stärkt die innere Abwehr. Vielleicht stimmt das ja, aber ich habe immer ein paar Packungen Feuchttücher dabei, für alle Fälle, scheiß auf die Abhärtung.

Zum Dienst: Vier Stunden Wache am Tag wie in der Nacht – nicht so viel, wie es scheint. Bei minus fünf bis minus zehn Grad ist das natürlich leichter zu ertragen, und wer, wenn nicht wir Rekruten, muss ran? Die Kleidung: gesteppt (ja, unsere Leute können für zwei Flaschen Wodka ganz ordentlich nähen), Filzstiefel, Armee-Winterhosen, Mäntel (unser Fähnrich hat einen schicken schwarzen Mantel, in dem man glatt über die Hauptstraße von Hajsin flanieren kann), Daunen- und Steppjacken. Die Oberbekleidung der Armee ist für den Frühherbst geeignet. Bei minus zehn ist die Entzündung irgendeines lebenswichtigen inneren Organs garantiert. Dasselbe gilt für die Armeelatschen, die nur auf Asphalt was taugen, am besten trockenem. Und hier, auf dem Außenposten ist alles, was warm ist, ziemlich angesagt, auch wenn es unbequem ist. Eine Waffe zu halten, ist ja auch unbequem … Ach ja, fast hätte ich es vergessen, schießen ist verboten. Also, du weißt schon, sitz am Kanonenofen, starre in die kälteknisternde Nacht, halte Wache und bete, dass die Zeit nicht verrieselt, sondern verfliegt. Zudem versprechen die Wetterfrösche, dass es in einigen Tagen im Popasna-Gebiet bis plus fünf Grad haben wird. Wieder die ewig neuen Prüfungen. Es heißt, sie härten ab.

Icepe

Dima, unser Kompaniesani, hat sie uns gebracht. Wir nennen ihn auch »Doc«.

»Wenn ihr wollt, bringe ich euch ein Kätzchen. Alle haben ein Haustier im Unterstand, aber bei euch gibt's nur Mäuse. Ich hab's unter dem Waschhaus gefunden.«

»Klar!« Wir freuten uns.

Und er brachte das Kätzchen. Klein, schwarz-weiß, sehr hübsch. So unglaublich süß (miezekatzensüß), dass man es in den kalten Donbas-Nächten in den Schlafsack nehmen wollte, schnurr-schnurr.

Aber es zitterte aus irgendeinem Grund.

»Das ist von der Kälte«, erklärte der Doc. »Wird schon auftauen.«

Ein paar Tage vergingen, und das Kätzchen zitterte immer noch. Noch mehr sogar. Und es konnte nicht gehen, kippte gleich zur Seite, als hätte ihm jemand das Rückgrat gebrochen. Wir vermuteten, jemand wäre auf das Kätzchen getreten, hätte sich draufgesetzt, oder ihm vor Schreck einen Fußtritt verpasst. Oder der Doc hatte es verletzt, als er es unter dem Waschhaus hervorholte.

In den ersten Tagen saß es hinter dem Ofen, wärmte sich, gewöhnte sich an die neue Umgebung, kam fast nicht aus seinem Versteck und fraß nicht. Wir gaben ihm, was auch wir aßen: Grundeln in Tomatensauce, Sardinen in Öl, Erbsenbrei mit Dosenfleisch, eingelegten Karpfen.

Eine Woche verging, vielleicht auch zwei. Das Kätzchen kroch immer öfter hervor, wenn niemand im Unterstand war, lief mutig über die Schlafsäcke (schmutzige Pfotenspuren), fraß und natürlich schlief es viel. Aber nach wie vor konnte es nicht normal gehen. Und zuckte ständig.

Wir nannten es (das Kätzchen entpuppte sich als Mädchen) Icepe. Und gewannen es aus irgendeinem Grund nicht lieb. Genauer gesagt, kitzelten wir, so gut es ging, die Liebe des großen Soldaten zum kleinen Kätzchen aus uns heraus, kümmerten uns, streichelten es sogar, aber mehr entwickelte sich dabei nicht. Allenfalls ein bisschen Mitgefühl, aber vermischt mit Ärger. Es machte uns wahnsinnig, dass das Kätzchen über unsere Betten spazierte, dass es überall hinschiss und sich kategorisch weigerte, nach draußen zu gehen.

Manchmal vergaßen wir, es zu füttern, dann schrie es abscheulich. Wir hörten auf, es zu beachten und behandelten es wie einen gelähmten Verwandten, für den man nur noch Verantwortung verspürt: ihn waschen, ihm zu essen geben und genervt sein, wenn er was hören lässt

Zu Neujahr beschlossen wir, das Kätzchen mit etwas Leckerem zu verwöhnen und kauften ihm Katzenfutter mit drei Sorten Fleisch. Die arme Icepe erbrach sich davon auf Sanjas Matratze.

Dann begann sie, auf die Schlafsäcke und Kissen zu pissen. Worauf unsere Beziehung zu ihr endgültig den Bach runterging.

Zum großen Finish wurde eine Überschwemmung. Die Episode aus unserem Leben im Unterstand, als zwei Tage lang dichtes Schneetreiben herrschte und am dritten Tag die Temperatur auf plus acht kletterte und wir davon erwachten, dass uns Wasser in die Ohren rann. Die Stufen zum Unterstand waren weggeschwemmt worden. Meine Crocs schaukelten auf dem Wasser wie Papierschiffchen auf einem Bächlein im März. Unsere ganzen Klopapiervorräte waren durchnässt. Trockengeblieben war nur die Unterseite meiner Matratze. Jetzt hatte Icepe kein Plätzchen mehr zum Liegen, deshalb schaute sie uns an, als hätten wir diese Überschwemmung eigenhändig veranstaltet, damit sie es nicht mehr gemütlich hatte. Ich glaube, in ihrem Kopf geisterte so etwas herum.

Den Unterschlupf legten wir trocken, die Stufen erneuerten wir. Außerdem räumten wir den Platz hinter dem Ofen auf, wo sich das Kätzchen sein Nest eingerichtet hatte. Wir machten ihm sogar einen Karton zurecht, stopften Fetzen hinein, leisteten auch Aufklärungsarbeit, indem wir ihm erklärten, dass dies eine Naturkatastrophe sei, unter der wir alle gleichermaßen litten. Aber Icepe pisste weiterhin auf unsere Schlafsäcke, zitterte auch weiterhin und ging uns mit ihrer Anwesenheit auf die Nerven.

Dann kam »Pesyk« ein Maschinengewehrschütze aus unserer Einheit, und nahm sie mit.

»Sie ist doch goldig!«, sagte er.

Und wir seufzten vor Erleichterung. Als hätte man den gelähmten Verwandten im Hospiz genommen.

Ich glaube, alles wäre anders gewesen, hätten wir sie liebgewonnen.

Jungs

Die Einheimischen nennen uns »Jungs«. In ihren Augen sind wir alle »Jungs«. Ich weiß nicht, wie sie uns in ihren stillen Küchen nennen – Ukrops, Räuber, Piraten, Henkersknechte, Wegelagerer, Befreier, Soldaten, Kämpfer, ATOs, Heros, Hosenscheisser, Westler oder einfach Militärs und Soldaten, vielleicht sogar Grünschnäbel, aber zu uns sagen sie alle »Jungs«.

»Jungs, trinkt etwas Wasser.«

»Da standen also die Jungs und sahen alles.«

»Kommt schon, Jungs, helft mir mit der Karre.«

Sie kommen ganz geschäftig zu uns und fragen nach Geld, eine Standardfrage ist auch: »Wann ist das alles vorbei?« Lautstark erinnern sie uns an unsere »Eltern und Kinder, die zu Hause warten«, und schlaumeiern etwas aus ihren Donbas-Weisheiten. Das Wort »Jungs« hat etwas durchaus Neutrales, ist weder ihres noch unseres, es hat etwas Kosakisches oder Kubanisches, vielleicht Kurskisches. Im Grunde ein ukrainisches Wort, doch mit russischer Aussprache. Mit dem Akzent zitieren die Russen ukrainische Lieder und Sprichwörter: »Rasprjagaty … spannt die Pferde aus, Jungs« oder »Wenn die Baba vom Wagen steigt, ist's für das Pferd g'scheit.«

Und immer verwenden sie genau dasselbe Wort, wenn sie über jene sprechen, die auf der anderen Seite kämpfen.

»Nun, hier hatten die Jungs im Juni 2014 ihre Stellungen«, oder »Und die Jungs aus Perwomajsk, die frieren doch genauso wie ihr. Wann hört das alles auf?«

Wir alle, die Streitkräfte der Ukraine und die sogenannten Separatisten, sind für sie alle gleich. Jetzt sind wir hier, und deshalb sind wir ihr Brot, ihre Wurst und ihre Jeans aus der Türkei. Keinerlei Mitgefühl, Sympathie oder Dankbarkeit – nur Pragmatismus, nur Geschäft. Es geht uns nicht schlecht, und wir lassen einen Haufen Geld in ihren Geschäften und Cafés, bezahlen Taxifahrten, geben Trinkgeld auf dem örtlichen Markt. Ein Taxifahrer erzählte uns, dass

er jetzt doppelt so viel verdiene als vor dem Krieg. Pizzerien und Cafés haben für die Soldaten von morgens bis abends geöffnet, und die Soldaten geben großzügige Trinkgelder. Konflikte gibt es selten, und wenn doch, dann meist zwischen einzelnen sozial instabilen Einheimischen. Betrunkene Soldaten sind auf den Straßen kaum zu sehen. Die Frontstadt hat sich in ein hübsches Provinznest verwandelt, in das am Wochenende Touristen fahren, um die immer gleiche Kirche zu sehen oder die immer gleiche Schlucht zu durchwandern. Ein neues Postamt, ein altes Postamt, die lauten Geräusche vom Bahnhof, die Bankfilialen, die Lieferungen von Hilfsgütern, die Bekannten in der Kommandantur, freundliche Nazgards an den Checkpoints, Ausflüge nach Artemiwsk und natürlich, Soldaten, und es kommt einem so vor, als wären sie schon immer da gewesen. Allerdings gibt es jetzt anstelle des Kaffeehauses das Stabsquartier, der Wert der Wohnungen im Vorort Tscherjomuschka ist extrem gefallen, und nachts hört man, wie einige der »Jungs« auf die anderen schießen.

Eine beliebte Cafeteria, in der viele Soldaten essen, hat das Wi-Fi-Passwort »krimnasch« – die Krim ist unser. Monatelang zerbrachen wir uns den Kopf darüber, was sich die Cafeteriabetreiberin eigentlich dabei denkt, welche Bedeutung das Passwort »krimunser« für sie hat, versteht sie es russisch oder ukrainisch? Welcher kulturelle, historische und psychologische Code sich wohl hinter den lateinischen Buchstaben verbirgt?

Da die meisten Kunden Soldaten waren, die sie immer lieb und lächelnd bediente, ist es wahrscheinlich, dass sie »unser« ist, auf unserer Seite steht und dass »krimnasch« nichts weiter als ein kreatives, subversives und zugleich patriotisches Wortspiel war. Aber könnte dahinter nicht auch böses Trolling stecken, eine halsstarrige Haltung, unbelehrbar? Duldsam wie bei den Ketzern? Schließlich versuchten wir, sie aus der Reserve zu locken … Offenbar herrschte in ihrem Kopf ziemliches Durcheinander.

»Jungs«, schrie sie auf Russisch, »hört mir zu, ich bin selbst von der Krim, ich bin für die Krim. Und sie wird immer uns gehören. Während ihr hier faulenzt, heben die Separos weitere Gräben aus. Die Krim ist russisch. Kiew ist russisch. Und wer seid ihr? Ihr hättet uns besser verteidigen sollen!«

Ihr ständiger Gebrauch des Wortes »Jungs« provoziert nicht besonders, aber ich fand es trotzdem unmöglich. Und ich konnte nichts dagegen tun. Ich habe mich daran gewöhnt. Für sie sind wir alle »Jungs«. Für die Taxifahrer, die mit ihren Ansichten stärker hinterm Berg halten als der Apotheker oder der Feuerwehrmann. Ich bin ein »Junge« für die Postangestellten, die sich eigentlich schon daran gewöhnt haben müssten, dass wir, die »Henkersknechte«, ganz normale Jungs sind, einfach, naiv und freundlich. Und ich bin ein »Junge« für die Tanten auf dem Markt, die sich über die Anwesenheit des Militärs bloß wundern, als wäre der Krieg etwas aus grauer Vorzeit, und als wären wir so etwas wie die sowjetischen Okkupationstruppen in Deutschland.

Ich ging mit Wlad zur Post, und auf dem Weg dorthin trafen wir eine Babusja*. Uralt, mit einem grauen, zerrissenen Schal, die einen Schlitten mit alten Weihnachtsbäumen zog. Sie hielt uns an und sagte leise und aufrichtig auf Ukrainisch – ganz anders als sonst hier in der Stadt: »Liebe Jungs, danke. Danke, dass ihr da seid. Ich sammle alte Weihnachtsbäume und nehme sie mit nach Hause. Wir haben kein Holz. Danke, Jungs.«

Vor zwei Jahren

Auch vor zwei Jahren stand ich schon Wache. Naja, ich war einer von denen, die mit Stöcken die Barrikaden befestigten. Damals konnte ich allerdings jederzeit nach Hause gehen. Spätabends machte ich das auch.

Reifen brannten, Parkbänke knisterten im Feuer, ringsum Männer, viele Männer. Typische Maidan-Teilnehmer, die Hruschewskyj-Straße war für sie abgehakt, die Nacht auf den 18. Februar nur eine weitere Etappe des Widerstands, zu dem sie natürlich bereit waren. Sie wussten, wie sie zu handeln hatten, und sie handelten. Konzentriert und ruhig. Sie hatten ihren Krieg noch vor sich. Am nächsten Tag würde es zu weiteren Kämpfen kommen und zur ersten Einkesselung mitten in der Hauptstadt. Ein Teil von ihnen würde nicht zurückkehren. Um die konzentrierten, ruhigen Männer herum liefen andere, die kopflos und hysterisch schrien: »Wir werden alle sterben«.

Wir werden alle früher oder später sterben. Immer wird jemand von den Barrikaden herunterklettern. Früher oder später. Wird hinter seiner brüchigen Schanze hervorkommen, die gelbe UVEX-Skibrille aufsetzen, die ihn vor Plastikbolzen, Tränengas, Geschossen schützen soll, und angreifen. Er wird hinter Laternenmasten Deckung suchen, mit dem grauen, feuchten Himmel verschmelzen und Gott seine Seele überantworten.

Es war kalt und klamm. Ein untersetzter, aber entschiedener Typ kam zu uns gelaufen.

»Männer, dort stehen sechs Bänke, wir brauchen sie hier.«

Sein Schnurrbart zuckte nervös, und mit seiner Hand, die in einem abgeschnittenen Handschuh steckte, zeigte er dahin, wo die Bänke standen.

Gemeinsam mit drei anderen Männern holten wir sie. Später zerkleinerten wir mit tauben Fingern Pflastersteine, packten sie in Säcke und übergaben sie nach vorne zur ersten Barrikade, die sich genau gegenüber dem

Unabhängigkeitsdenkmal befand. Und danach stand ich da und trank Tee. Trank Tee und schaute zu, wie das Haus der Gewerkschaften völlig ausbrannte.

So wie jetzt. Ich stehe da und trinke Tee, beobachte die längst bekannte Landschaft. Feld, Gestrüpp, noch ein Feld … Wer deckt mich von links?

»Eins an zwei! Eins an zwei!«, krächze ich ins Funkgerät.

»Hier eins.«

»›Berlusconi‹, bist du schon wieder voll?«

»Wollte mich aufwärmen.«

»Verstanden.«

Alles klar, von links deckt mich niemand.

Heute halte ich allein Wache. Als einziger vom ganzen Stützpunkt, von meiner Wachsamkeit hängt also das Leben von siebzig Soldaten ab. Und im Notfall muss ich das linke »Grün« alleine decken. Und das rechte auch. Aber ich kenne jeden Ast und jede Kurve. Wenn ich mit dem Nachtsichtgerät oder der Wärmebildkamera aus einem bestimmten Winkel auf das Waldstück schaue, formen die Zweige der Bäume ganz deutlich den Schriftzug mit meinem Namen »ЧЕХ«. Das ist mir schon im Oktober aufgefallen. Als ich noch grübelte und analysierte. Mich noch wunderte. Als mir alles unwirklich vorkam und ich der Ruhe ringsum nicht traute. Sie war trügerisch und tückisch, wie eine nebelige Nacht. Erst jetzt empfinde ich Ausgeglichenheit und Leere. So müssen sich Menschen fühlen, die eine Karawane durch die Wüste führen. Stille Bedrohung, ein weiter Weg, völlige Selbstkontrolle.

Ich denke und analysiere schon lange nicht mehr. Ja, ich stehe da und schaue. Feld, »Grün«, Feld, »Grün« … Fast wie vor zwei Jahren.

»Eins an zwei. Eins an zwei. Scheiße, eins, antworte!«

»Eins.«

»Schläfst du?«

»Ja, aber ich höre alles.«

Krieg ist von gestern

Den Krieg kann man leicht übersehen. Das mag paradox klingen. Der Krieg findet nicht an den traditionellen Orten statt, an denen wir ihn gewöhnlich bemerken. Unsere Städte werden nicht bombardiert, unsere Frauen nicht vergewaltigt,* unsere Kinder gehen nicht als Partisanen in den Wald. Deshalb ist der Krieg für uns nicht anwesend. Er findet zwar statt, aber woanders, nicht da, wo wir sind. Zumindest für die meisten von uns.

Wir (Soldaten) sprechen oft darüber. In der Regel derb und kategorisch, mit Flüchen und Obszönitäten, im Slang. Der Krieg ist für uns nicht irgendein Lebensabschnitt, er wurde zu der entscheidenden Phase unseres Lebens. Es gibt dabei kein klares »bisher« und »danach«, sondern vor allem ein »hier und jetzt«. Dieser Kelch ist nicht an uns vorübergegangen.

Wir wissen nicht, ob wir es bis zur Entlassung schaffen, und wenn nicht, wie genau wir diese Welt verlassen werden: mit vor Angst vollgeschissenen Hosen, bis über beide Ohren im Boden eingebuddelt oder als Helden mit durchsiebter Brust? Vielleicht durch Friendly Fire? Für die Ehre oder aus Eitelkeit? Oder durch einen blöden Zufall beim Hantieren mit der Waffe? Aber solange wir leben, sprechen wir offen und ehrlich über den Krieg und würzen unsere Gespräche mit versauten Ausdrücken.

Wann wird dieser Krieg enden? Und wie? Wer unterschreibt die Kapitulation, die Verträge? Wessen Anstrengungen werden belohnt? Wer wird Reparationen erhalten? Wen knüpft man als erstes an den Laternenpfählen bei der Oper auf? Wir sprechen fröhlich und ohne Hemmungen darüber. In unseren düstersten Vorahnungen wissen wir, dass der Krieg niemals enden wird. Entweder endet er oder er wird sich zu etwas Entsetzlichem, Monströsem und Totalem auswachsen. Es wird Jahrzehnte brauchen, bis diese Wunden verheilt sein werden. Wie schnell wird der Krieg enden? In einem Jahr, oder zweien, oder fünfen. Aber in den Seelen

derjenigen, die ihn erlebt haben, wird er noch lange weiterleben. Es handelt sich nicht um eine Anti-Terror-Operation mit Happy End, sondern um einen umfassenden Konflikt mit Hinterland, Kommandostäben, Politik, mit Zivilbevölkerung, die beide Seiten unterstützt. Es gibt Besatzer, Kollaborateure, Geschäftsleute, Diplomaten, gibt Verrat und Sieg. Und auch Gefangene (nicht Geiseln, wie sie manchmal genannt werden).

Es gibt immer noch Befehlshaber. Die spielen ihr eigenes Spiel. Einige transportieren Popasna-Kiefern mit dem einzigen funktionierenden Krankenwagen zu ihren Datschen und überlassen den Sanitätern eine schrottreife »GAZelle«. Andere spielen den Patrioten oder den Vater der Nation, halten Sonntagsreden, aber in Wirklichkeit sind sie das Hassobjekt aller Einberufenen und auch jener, die sich dummerweise bis zum Ende der ATO verpflichtet haben (»Wir sind überzeugt, dass diese Anti-Terror-Operation in zwei Wochen beendet sein wird.«). Über all das wird gequatscht, umgangssprachlich und vulgär. Und ich habe keinen einzigen Soldaten getroffen, dem die Enttäuschung erspart geblieben wäre, der nicht desillusioniert und höchst misstrauisch gegenüber der Regierung wäre.

Wir alle haben miterlebt, wie leicht man in diesem Krieg Kohle machen kann, wie der Feind provoziert wird, um gestohlene Dinge als Verluste zu melden, wie Ströme von Treibstoff fließen, wie die oberen Dienstgrade über den Mangel an Ressourcen schwadronieren, wie jene geschützt werden, die Soldaten über die Linien schmuggeln, und wie munter manche Offiziere den Transport von »Schmuddelware« auf die andere Seite organisieren.

Wir sehen den Krieg, wie er ist. Und wir sehen uns selbst so, wie wir sind. Schnapsdurchtränkt, vom Winde verweht, verbrannt, verroht, meist apathisch mit entzündeten Augen, entzündetem Zahnfleisch, gut geräuchert, mit langsamen Bewegungen, scharfem Blick und extremen Ansichten. Durcheinander und durchgedreht.

Irgendwo dort, im Mutterland, hat der Krieg aufgehört zu existieren. Der Krieg beginnt altmodisch zu werden. Der Patriotismus ist schon lange verflogen wie das Parfüm der letzten Woche, dafür wurde er wenigstens zum Geschäft. Über Patriotismus spricht anscheinend nur der Präsident. Der Rest schweigt. Sie erweisen nicht einmal den gefallenen Soldaten die letzte Ehre.

Sterben ist auch nicht in Mode. Erst recht nicht im Krieg.

Solche mag man in der Armee nicht

Solche wie mich mag man in der Armee nicht. Zu viele Fragen, zu viel Entrüstung, demonstrativer Stolz und später – nach der akribischen Analyse des Vorgehens der Befehlshaber und dem absurden Verhalten der Truppe – Passivität. Solche wie ich werden nie Berufssoldaten. Ich gebe zu, in der Armee bin ich ein Dahergelaufener. Nicht im Krieg, aber in der Armee. Der Krieg betrifft jeden Bürger, dem sein Land nicht egal ist. Die Armee ist eine Sache für sich, die mit dem Krieg leider untrennbar verbunden ist. Besser sollten in ihr junge Start-Upper das Sagen haben, Leute, die zielorientiert arbeiten, die einen kritischen und ungewöhnlichen Zugang zu Aufgaben haben. Der Krieg ist ein kreatives Feld, kein abgenutztes Gleis, auf dem bürokratische Werte mehr wiegen als ein Menschenleben. Egal wer du bist, es ist schwer, zielorientiert zu arbeiten, wenn es in deinem Büro außer Heftmaschine und Rechner nichts gibt. Es ist unmöglich, zielorientiert zu arbeiten, wenn dir niemand Ziele setzt, abgesehen vom Aufräumen deines Arbeitsplatzes, dem Abkleben der Fenster und dem Sortieren grüner und gelber Büroklammern.

Positiv anzumerken aber ist: Das neue Gehalt von Achttausend ist für viele ein Anreiz, zur Armee zu gehen. Besonders für jene, die im Leben nicht mehr als zweitausend verdienen. Zählt man die Kriegszulage dazu, kommt man auf eine anständige Summe, sogar für Kyjiwer Verhältnisse. Da kann man schon überlegen, das Saufen seinzulassen. Kann Zukunftspläne schmieden: einen Lada oder einen 3er BMW? Da kann man befördert werden, eine Position, Zulagen bekommen. Das ist schon was, ein Anreiz. Am Kaugummi des Ostens werden wir noch lange kauen, mit jeder Rekrutierungswelle nimmt die Qualität der Einheiten ab und ebenso die Motivation. Das letzte Kriegsjahr hat gezeigt, dass daraus ernsthafte Probleme erwachsen. Die meisten Rekruten, die in den Sümpfen und Waldstücken, in den von der Sonne versengten Steppen des Donbas und auf den Salzböden der Krym hocken, verstehen nicht, wozu. Sollen wir den Donbas befreien, so gebt uns den Befehl dazu, sollen wir in den Wohnhöhlen sitzen und verrotten, dann zahlt uns mehr Geld, wenn uns etwas auf den Kopf fällt, sagt uns wenigstens, wozu das alles. Die mangelnde Motivation geht von der Kommandoebene aus, die selten mit ihrer Einheit spricht, wenig von deren Problemen weiß, und wenn sie davon weiß, werden sie vorsätzlich ignoriert. »So ist die Armee eben«, rechtfertigen sich die einen. »Wir sind ein armes Land, das sich im Krieg befindet, in vielen Einheiten ist es noch schlimmer«, sagen die anderen. Und es stimmt. Die Männer vom Nachbarbataillon haben erzählt, dass man ihnen in drei Monaten an der Front nicht einmal Trinkwasser brachte, und von einem Luxus wie Käse und Wurst (die bei unsrem Bataillon auch nie ankommen), hören sie nur gerüchtweise, wie eine utopische Verheißung. So sitzen sie also da, essen ihre E-Packs und stehen Wache. Jedes Mal, wenn ich höre, dass auf sie geschossen wird, denke ich, dass Käse, Wurst und Trinkwasser sie wohl ein bisschen glücklicher gemacht hätten.

Ich wurde rekrutiert. Nicht zwangseingezogen, sondern rekrutiert. Ich kann auf meine Rechte pochen, meine Meinung sagen, mit dem Kommandeur diskutieren, unter die Nörgler gehen und brauche nicht über die Folgen nachzudenken. Ein Berufssoldat kann sich so etwas nicht leisten, jeder Ungehorsam fällt ihm am Ende auf die Füße. Und da ich meinen Hang, mit den Chefitäten zu streiten – so war es in jedem Job –, kenne, ist mir völlig klar, dass ich nie Berufssoldat werde. Einfach die Klappe zu halten, ist die nützlichste Angewohnheit in der Armee. Die Fähigkeit, Befehle auszuführen, ohne Fragen zu stellen, ist die wertvollste. Unterordnung und Eifer sind der Garant für eine erfolgreiche Karriere. Wie vermutlich überall im Staatsdienst, wo sich Reformen auf den Austausch der Fenster auf Kunststoff-Alu beschränken.

Ob es wohl zeitgemäße militärische Einheiten gibt, in denen Bürokratie und doppelte Buchhaltung als geschmacklos empfunden werden und man den Soldaten nicht dafür schätzt, dass er nicht trinkt, sondern für sein militärisches Können? Vielleicht gibt es Einheiten, in denen der Hauptfeldwebel in der Etappe beim Anblick eines Soldaten, der Eichenstämme mit einem Durchmesser von vierzig Zentimetern von Hand zersägen muß, so etwas wie Scham empfindet. Vielleicht gibt es Einheiten, in denen die Soldaten zum Frühstück Joghurt und Obst bekommen … Ich weiß es nicht. Aber ich weiß sicher, dass ich nie Berufssoldat werde, denn solche wie mich mag man in der Armee nicht.

Ein besonderer Winter

Dieser Winter war ein ganz besonderer in meinem Leben. Vielleicht lohnt es sich, einen Text drüber zu schreiben. Vielleicht etwas im Stil von Warlam Schalamow* und Isaak Babel*. Etwas über Eis und Schnee, von der Natur im Winter. Über Hämorrhoiden und verkühlte Rücken. Über entzündetes Zahnfleisch und gefrorene Kartoffeln. Über dünne Suppe und Blutspuren im Schnee. Über Holzhacken.

Onkel Ljoscha sagt, alles hier erinnere ihn an den Altai. Er saß dort in den 80er Jahren eine Strafe ab. Das gleiche Holzgehacke, eine Stille, die ganz ähnlich in den Ohren klingelte, Frostbrand an den Fingern und bis auf die Knochen durchfrostete Beine.

Wir gehen gemeinsam zum Baumfällen. Der alte Mann sägt gekonnt das Holz, und wir ziehen die abgesägten Stämme zum »GAZelle«. Dann, in der Nähe der Unterstände, sägen und hacken wir das Holz klein und packen alles in Säcke.

Die Truppen einen Kilometer hinter uns fällen in der Etappe Bäume. Die Anpflanzungen an den Seiten lassen wir stehen (und einen Streifen zur Tarnung sowieso). Zudem ist es, ehrlich gesagt, gefährlich, sich dorthin zu begeben.

Zuerst fällen wir die alten, trockenen Bäume und dann irgendwelche anderen. Meistens Akazien. Die Stämme sind derart mit Splittern und Kugeln durchsetzt, dass die Ketten der Sägen reißen wie die Taue der Treidler. Schschsch-zack! Schschsch-zack!

»Komm her«, gestikuliert Onkel Ljoscha. Seine hellblaue Steppjacke hebt sich vom weißen Feld ab. Der Alte ist schon von weitem gut zu erkennen. Er stapft durch den unberührten Schnee, schwitzend und fluchend. Und wir hinter ihm her. Wir treten fest und doch ängstlich auf. Wer weiß, was uns in diesen Waldstücken erwartet.

»Ihr gelbzahnigen Hähne«, sagt der alte Mann düster, doch schon hellen sich seine Züge auf. Er sieht mich an. »Also, Artem, rauchen wir eine?«

Ich ziehe eine blaue Camel heraus. Er nennt sie Modekippen.

Schschsch-zack!

Dieser Winter ist einzigartig in meinem Leben. Und wenn ich nicht aufpasse, verliere ich mich, nicht nur in der Zeit, sondern auch in mir selbst, und mein Leben wird wie Feldstaub verweht. Oder einem Akazienstumpf ähneln oder Farn. Bloß sein, zeitenthoben, gefühllos, ohne Sinn und Verstand. Du brauchst einen festen Rahmen, um zu überleben. Zu deinen Pflichten gehört, dass du jeden Tag Wache schiebst. Du stehst Wache, du schläfst. Du stehst Wache, du schläfst. Alle zwei Wochen gehst du Brennholz machen.

Wir kehren zurück. Kaputter, gefrorener Boden, eisiger Wind, Blut, geschwollene Füße und klare Köpfe. Und dann befinden wir uns bei Onkel Ljoschas Unterstand, du wartest, bis das Wasser kocht, trinkst Kaffee und lauschst den Geschichten. Innerhalb eines solchen Rahmens wird das Leben beherrschbar, und das bedeutet, dass man die Kontrolle hat, dass man nicht zusammenbricht, dass man durchhält. Hauptsache ist, nicht der Faulheit nachzugeben. Sich abends nicht gehenzulassen. Nicht bis mittags zu schlafen. Nicht nach acht Uhr zu essen. Nicht mehr als drei Kurze zu trinken. Nicht zu vergessen, mittwochs die Mama anzurufen. Nicht zu bequem werden, um in die eisige Kälte und den Wind hinauszukriechen und die Gegend mit der Infrarotkamera abzusuchen. Den Unterstand rechtzeitig sauberzumachen. Sich mindestens einmal am Tag die Zähne zu putzen. Mindestens einmal in der Woche zu baden. Nicht mehr als zwei Päckchen am Tag zu rauchen. Dann überlebst du.

Wir stehen herum. Wir rauchen. Der alte Mann erinnert sich an die 90er Jahre, die lokalen Gangster, die filterlosen Sever- und Prima-Kippen.

»Jetzt kassieren die Ärsche alles ein. Mohnfresser verdammte!« Ich stimme zu. »Wirklich, Schwänze und Mohnfresser.«

»Artem«, Onkel Ljoscha zieht mich mit seinen knorrigen Fingern zu sich heran. »Gib dem alten Mann eine Schachtel von deinen modischen Zigaretten.«

»Und wird der alte Mann dafür die Banja heizen?«, frage ich.

»Diese Kyjiwer. Halsabschneider, keine Menschen!«

So haben wir uns dann irgendwie geeinigt.

Dieser Winter ist lang und stechend. Er ist nass und rau. Er ist still und gefährlich. Es ist gut, solche Winter im Krieg zu verbringen. Oder in einem Wald, zum Beispiel, versteckt vor Verfolgern. Oder wenn es ganz schlimm kommt, in einer Datscha, unter einfachen Leuten, die sich sehnsuchtsvoll und traurig an den Sozialismus erinnern. Oder an die 90er Jahre. Oder an ihre barfüßige Kindheit. Unbedingt an ihre barfüßige Kindheit, denn wir, die Modischen, die Kyjiwer, haben die Kindheit schon in Sandalen verbracht. Ich gehe zurück in mein Revier. Im Unterstand riecht es nach Fleischkonserven. Wlad und Sanja wärmen auf dem Herd Erbsensuppe mit Schweinefleisch auf. Es gibt auch Essiggurken, Karpfen in Litergläsern, eine Flasche Zubrowka, eine Kiste Mandarinen und die siebte und achte Staffel von Supernatural.

Schweigen

Ich habe aufgehört, mich zu unterhalten. Ich habe sogar aufgehört zu sprechen. Nur unabsichtlich wechsle ich manchmal ein paar Worte: »Hi, was tut sich bei euch?«, »Klar, na dann …« Auch wir Unterstandskameraden unterhalten uns wenig. Jeder ist für sich. Jeder bei seiner Sache. Die Jungs schauen Filme, ich schreibe. Oder schaue auch was. Und schreibe danach. Und dann geht es auf den Posten … Man sollte annehmen, wo reden, wenn nicht dort? Aber wir schweigen. Als wären wir nicht befreundet. Als hätten wir uns eben erst kennengelernt.

Obwohl wir alles voneinander wissen. Und sogar mehr.

Ich schweige, bin in mich versunken, die Jungs lassen mich in Ruhe. Taktvoll, verständnisvoll. Oder einfach gleichgültig.

In der Nacht habe ich viel geschlafen und wieder geschwiegen. Ich rede einfach nicht im Schlaf.

Am Morgen bin ich über den Stützpunkt spaziert. Habe festgestellt, dass der Frühling kommt. Es riecht sogar anders. Die Luft riecht nach Erde und nassem Holz. Die Augen müssen nicht mehr mit dem Weiß zurechtkommen. Und ohne Grün sind sie sehr müde geworden. Es ist wie eine lange Seefahrt. Nur ist da statt Wasser Erde. Und die Piraten sind näher als der Horizont.

Neben seinem Unterstand traf ich Onkel Ljoscha. Wir standen da, schwiegen, rauchten. Er seine. Ich meine. Dann stieß der Bärtige zu uns, der »GAZelle«-Fahrer. Er zwinkerte uns zu, sagte aber nichts. Wir standen zu dritt nebeneinander.

Ich kehrte zu meinem Unterstand zurück, schaute den Film weiter, den ich nicht fertiggeguckt hatte, versank in meinen Kopfhörern. Einige Zeit später hörte ich jedoch ein Knattern. Vermutlich hatte jemand einen Mehrfachgranatwerfer angeworfen.

»Wollen wir uns das anschauen?«, fragte ich die andern.

»Was anschauen?«

»Den Krieg.«

Wir kletterten aus dem Unterstand und blieben am Rand der Anpflanzung stehen, direkt neben dem Feld. Die Nachbarn wurden bearbeitet. Wir standen da und schwiegen. Spuckten aus.

Wieso auch reden? Mit wem? Worüber? Wir haben schon alles gesagt. Und wir haben alles gegeben, uns bleibt nur noch das Schweigen.

Winterernte

Letztes Jahr im Oktober wurde uns gesagt, dass einer der Kommandeure desertiert sei. Außerdem soll er sich auf die Seite des Feindes geschlagen haben. Wir mussten jetzt umso vorsichtiger, wachsamer sein und jederzeit damit rechnen, auf einen Spähtrupp von ihnen zu treffen, da der Feind von nun an alle unsere Geheimwege, die Lage unserer Posten und sogar unsere Geburtstage kennen würde.

Fünf Monate lang lebten wir im Wissen, dass der Verräter nur einen Kilometer entfernt saß und uns mit seinem neuen russischen Fernglas ausspionierte, in den Kragen seines neuen russischen Soldatenmantels lachte und stinkende russische Kippen wie Troika oder Peter der Große rauchte. Um ehrlich zu sein, viele glaubten nicht, dass der Kommandeur zu den Separos übergelaufen war. Das konnte nicht wahr sein. Er war politisch immer gut drauf gewesen und hatte einen strengen moralischen Kompass. Eher konnten wir uns vorstellen, dass er nach Polen gegangen war und in einer Hinterhof-Werkstatt abhing, wo er an alten VWs rumschraubte. Wie auch immer, der Kommandeur war weg und mit ihm seine Waffen.

Sobald der Schnee geschmolzen war, kamen wieder Befehle von oben: Vorrücken! Nein, nicht mit Waffen, einfach nur vorwärts. Mit Schaufeln. Das nennt man Besetzung des Niemandslandes: Wenn man ein System von Gräben anlegt, die fast an den Feind heranreichen, und dann im Fernglas den Barcode auf den Fleischkonserven des Gegners oder den scheelen Blick des Zweikopfadlers, des russischen Nationalwappens, auf den Insignien des Feindes erkennt, dann kriegst du nicht nur vom großen Kaliber, sondern auch von einem einfachen Lagerfeuer auf der anderen Seite fast einen Herzkasper und du überprüfst zehnmal pro Stunde, ob deine Waffe entsichert ist.

Wir sind also vorgerückt. Fast der gesamten Frontlinie entlang. Etwa dreihundert Meter, dann fünfhundert, schließlich sogar ein paar Kilometer. Jetzt durchkämmen die

Soldaten der benachbarten Einheit das Waldstück. So, wie es sein sollte: Zuerst deaktivieren die Pioniere die Minen, dann arbeiten sich Maulwürfe vor und beginnen zu graben. Sobald die Pioniere den nahegelegenen Birkenwald gesichert haben, hören wir aus dem Funkgerät der Minenräumer:

»Wir haben eine Leiche im Wald. Nicht gerade frisch.«

Das passiert Spähern und Minenräumern oft: Sie entdekken Leichen im Unterholz. Manchmal sind es Einheimische, die unvorsichtig waren und in ein Scharmützel zwischen die Fronten geraten sind, oder Soldaten, die es nie zu ihrer Truppe geschafft haben. So war es, als unsere Minenräumer offensichtlich denjenigen fanden, der im Sommer 2014 verschwunden war. Diesmal war es unser Kommandeur. Er hatte sich mit seiner Makarow in den Kopf geschossen, sein Körper war von Füchsen halb aufgefressen.

Ich hatte schon länger an ihn gedacht. Wir haben ihn zu einem Verräter, einem Deserteur, einem Automechaniker erklärt, aber er hat sich, wie sich nun herausstellte, im Oktober in den Kopf geschossen, und jetzt ruht er hier im Birkenwald, ein Fressen für die Donbas-Tiere. So lag er den halben Herbst, den ganzen Winter, und jetzt schon einen Teil des Frühlings. Er hätte noch länger hier gelegen, wenn nicht der Befehl – Vorrücken – gekommen wäre. Seit anderthalb Jahren war niemand in den Wald gegangen und wollte es auch jetzt nicht. Auf diesen zwei Quadratkilometern fand man so viele Körperteile, dass man damit den Weihnachtsbaum des Rockefeller Centers schmücken könnte. Und er lag da. Während wir hier, im Dreck, im Tauwetter, im Frost Holz sägten, Gruben aushoben, beschossen wurden und zurückschossen, oder im Urlaub waren und unsere Winterdepression mit Nutella behandelten, während wir gedankenlos in unseren Unterständen verrotteten und die zehnte Staffel der Serie Akte X von vorne bis hinten und wieder von vorne glotzten. Und er lag da. Zur Hälfte von Füchsen gefressen.

Aber warum gerade von Füchsen? Wer hat die Untersuchung geleitet? Warum nicht von Hasen oder vielleicht Wildschweinen? Technisch gesehen spielt es keine Rolle. Im letzten Sommer ging das Gerücht um, dass der Kommandeur psychisch nicht ganz okay sei, und unser Divisions-Doc war schon drauf und dran, ihn als Schizo zu diagnostizieren. Kolja aus der Stadt Ladyschynz nannte ihn einen »Sack voller Löcher«. Die meisten hielten ihn für etwas seltsam. Er hatte keine Familie. Auch keinen Wunsch zu leben, so schien es. Warum sollte er den Winter also nicht auf diese extravagante Art verbringen?

> »Verlass dich nur auf dich selbst – vielleicht wird sonst niemand für dich da sein. Wir haben nur uns selbst ...«
> KUZMA SKRJABIN*

Lethargie

Im Juni, als wir Grünschnäbel ins Ausbildungscamp kamen, sprach »Kazo«, der knapp vor dem Ausscheiden stand, von seinem Patriotismus, den die Armee unter einer Welle aus Beton begraben habe. Plangemäß, vorsätzlich und zynisch.

Ich hörte damals zu und verstand nicht. »Entweder man ist ein Patriot oder man ist keiner«, dachte ich. »Du bist doch ein Freiwilliger, bist gekommen, um das Land zu verteidigen, konntest nicht anders (anders wäre es nicht gegangen), und jetzt sprichst du von Beton. Was für ein Beton, wenn doch gilt *Enemy at the gates*?«

Heute sind wir genau sechs Monate an der Front. Und noch immer gilt *Enemy at the gates*. Aber fast alle wissen mittlerweile, dass der Feind nicht nur auf der anderen Seite des Feldes ist.

Wir alle kämpfen doch für eine Idee, ein Ziel, aber das letzte Glied in der Kette ist stets der einfache Soldat. Und der Oberbefehlshaber dieses ganzen Zirkus ist seine Hochwohlgeboren, der Homo Sovieticus. Es geht nicht um einzelne Namen, das gesamte System ist Vetternwirtschaft, durch und durch verseucht von Arroganz: ausgehend von einer wilden und ungebändigten Bürokratie mit exakt festgelegten Vorschriften wie »Plätze des Entsicherns der Waffen«, bis hin zu Visiten von Offizieren aus Ministerialbehörden oder des Brigadekommandeurs, für die eine benachbarte Position sogar die Wege mit Sand ausstreute. Wo wart ihr, als die Soldaten im Schlamm versanken? Und wo wart ihr, als wir Eis schmolzen, um uns einmal die Woche die Eier zu waschen? Wisst ihr, dass ein guter Soldat an der Front nie die Patronen aus dem Magazin nimmt? Nicht einmal die Granaten aus den Granatwerfern. Man weiß nie, wann und was aus welcher Richtung zu dir herüberfliegt.

Es gibt unzählige Beispiele und Empörung, die fast schon zur Meuterei führt. Und von den Soldaten hört man nur: »Was ist los mit euch, seid ihr völlig übergeschnappt?«

Jetzt stehe ich selbst kurz vor dem Ausscheiden (obwohl ich spüre, dass ich ein paar Monate länger werde dienen müssen), faul und abgebrüht wie Ziusudra, der die Flut überlebte. Ich habe diese zehn Monate ehrlich gedient. Ohne groß zu versagen, ohne zu saufen. Mit stolzgeschwellter Brust und schwer beladen. Ich half, wo ich nur konnte, den Volontären, Bekannten, Freunden. Klaute keine einzige Schraube, keine einzige Dose Grundeln in Tomatensauce, kein Tröpfchen Benzin (allenfalls mal Diesel zum Anzünden des Ofens). Und ich hab auch keinen betrogen, niemanden hinters Licht geführt, bin nicht weggerannt und nicht vom vorgezeichneten Weg abgekommen. Und man sollte denken, dass es bergauf geht, dass uns der Patriotismus trägt, bis zum erträumten Glück und dem Vermächtnis des Kobsar*, hin zu einer vernünftigen und bewussten Gesellschaft, bis zum Sieg des Lichts über die Finsternis. Aber ich bin doch nicht blind und wohl auch nicht dumm. Ich sehe alles, verstehe alles. Spüre alles. Am meisten spüre ich diese Welle aus Beton, die meinen Patriotismus verschüttet. Sie rollt heran wie Übelkeit, ist schwer, zieht mich zum Grund, wo alles begann. Noch vor dem friedlichen Kaffeetrinken unter Sonnenschirmen, vielleicht auch vor Greenjolly* und vor dem Abtreten Masols.

Wahrscheinlich vergisst man nach dem Ausscheiden einfach das Schlimmste und erinnert sich sogar gerne an den Armeedienst, sieht den bürokratischen Morast mit seinen Vorzeigegeschwüren wie freies Arbeiten in der Schule: »oben weiß, unten schwarz«.

»Kinder, wer will mir von den stürmischen Jahren des Kobsar erzählen? Und vom Lebensweg des Steinhauers Iwan Franko*? Und jetzt alle gemeinsam: ›Ich trete ein in die Pionierorganisation Wladimir Iljitsch Lenin, vor meinen Genossen verspreche ich feierlich …‹«

Da ist er, der Betonstrom, er stürzt über mich herein, bricht mir die Knochen, verursacht innere Blutungen. Wieder und wieder. Da ist sie, die Monsterwelle, reißt mich mit.

In den Strudel. An den Grund. Mit den Beinen voran in den Schlamm.

Als hätte ich ein Jahr in Kryotherapie oder in einem lethargischen Schlaf verbracht. Um zu vergessen oder um einfach nicht zu wissen.

Eine unvermeidliche Erfahrung

Uns passieren seltsame Dinge. Manchmal einfach unerwartet – oder auch seltsam und unerwartet zugleich. Dann sagt man gewöhnlich: Das war vielleicht was! Na, aus Erfahrung wird man klug. Ich habe solche erstaunlichen Erfahrungen gemacht. Ich wurde im Zug von Zigeunern beklaut – eine Erfahrung. Ein Auftraggeber hat mich nicht bezahlt – eine Erfahrung. Ich bin bei einer Einladung ins Fettnäpfchen getreten – eine Erfahrung.

Wir beruhigen uns mit diesem wohlklingenden Wort, das wie ein Schlussakkord klingt, das auf jeden Lebensumstand angewendet werden kann, wir rechtfertigen damit die meisten unserer Demütigungen und Misserfolge, als ob es das wäre, was wir bräuchten – Erfahrung.

Manchmal fühle ich mich schlecht, weil mir etwas nicht passiert ist. Die Art von Erlebnis, die nur einmal im Leben passieren kann, und dann nie wieder. Die Sterne werden sich nicht noch einmal in dieser Konstellation zusammenfinden.

In gewissem Sinn habe ich Sanja B. um seine Erfahrungen beneidet.

Es war ein kühler, aber angenehmer Morgen Anfang April. Anscheinend wussten nur Walerij, der SamPolit und ich, dass Sanja Geburtstag hat.

Es war unsere zweite Schicht. Um 9 war Wachwechsel. Wir sollten auf einem entfernten Beobachtungsposten Dienst schieben. Wir sollten zu sechst sein, darunter Sanja B., aber der fehlte in der Gruppe. In der Nähe von Sanjas Unterstand, unter den Überresten eines zerstörten Panzers, in dem man der Legende nach die Stimmen der getöteten Panzerfahrer hören konnte – später erfuhr ich sogar ihre Namen –, stand Klim, ganz blass, fuchtelte mit den Armen und stammelte rasch hintereinander irgendwelche Worte. Wir gingen auf ihn zu und sahen das Entsetzen auf seinem Gesicht, sodass ich selbst Angst kriegte. Mein erster Gedanke war: Sanja B. hat sich erhängt.

Aber nein, er hatte sich nicht erhängt. Und es war auch nicht Sanja B. Auf den Stufen hinab in den dunklen Unterstand lag Stepans hundert Kilogramm schwerer Körper.

»Tot?«, fragte ich.

»Kalt«, antwortete einer.

Ein Teil unseres Trupps begab sich zum Dienst auf dem Beobachtungposten, ein anderer blieb zurück, um auf die offiziellen Ermittler zu warten.

Auf dem Posten in der Nähe des Feuers wirtschaftete ruhig und aufmerksam wie immer Sanja B.

»Herzlichen Glückwunsch zum Geburtstag«, sagte ich. »Hast du vielleicht Stepan getötet?«

»Das brauche ich nicht«, antwortete Sanja B. »Aber wenn das erste, was du an deinem Geburtstag siehst, eine Leiche ist, dann ist das einfach nur zum Wegrennen.«

»Und du bist hierher gerannt?«

»Ja«, sagte er.

»Das ist eine tolle Erfahrung«, antwortete ich spontan.

»Das ist'n Scheiß«, sagte Sanja B. »Ich fahre morgen in die Stadt, um Kuchen zu kaufen. Alk will ich keinen, brauchen ihn nicht.«

»Brauchen wir nicht«, bekräftigte ich.

Ich begann nachzudenken. Über die Leiche auf den Stufen des Unterstands an einem Geburtstag. Über die billigen Kuchen aus Popasna, von denen man Sodbrennen bekam. Über unseren vorgeschobenem Posten, wo man den Separos näher war, als den eigenen Leuten. Wie schnell wirst du sterben? Bist du bereit zu sterben? Und war Stepan bereit gewesen, zu sterben? Das letzte Mal sah ich ihn im Wald. Er kroch aus dem Gebüsch, aufgedunsen vom Alkohol, rot, schmutzig, von Ausschlag und Schorf bedeckt, mit heruntergelassener Hose und nasser Unterwäsche in der Leistengegend.

Ich saß hinter dem Schutzwall (kann ein Kaliber 12 oder 7 diesen Stumpf durchschlagen?) und dachte über den Tod nach. Und nun über die seltsame Erfahrung, die Sanja B. gemacht hatte. Nicht ich, aber er. Ich hatte meinen dreißigsten Geburtstag in einem Bus auf dem Weg zur Grenze der besetzten Krym gefeiert. Ich hatte mehr als vierzig Grad Fieber und schluckte alle zwei Stunden eine Pferdedosis Paracetamol. Sanja B. hatte mehr Glück. Zu seinem einunddreißigsten Geburtstag begrüßte ihn eine Leiche. Bedeutet das etwas? Vielleicht Glück und Wohlergehen. Vielleicht ein langes Leben … In zwanzig Jahren wird er seinen Kindern davon erzählen … Aber nein, das wird er nicht. Ich wäre es, der davon erzählen würde. Denn für mich wäre es eine Erfahrung, doch für ihn – 'n Scheiß.

Und ich dachte noch, vielleicht wäre der eigene Tod eine fragwürdige Erfahrung. Aber letztendlich eine unausweichliche. Das schien mir damals alles sehr schlau gedacht. Und treffend.

Das ganze Leben und ein bisschen mehr

»Männer, seid ihr schon lange hier?«, fragen wir.
»Sechs Monate.«
»Wow.«

Mein Gott, wie lange das her ist. Wir standen neben den leeren Unterständen und blickten auf das Sonnenblumenfeld vor uns, die Gräben und Waldstreifen verschmolzen in der Septembersonne kurz vor Sonnenuntergang ineinander. Das hier gehört uns. Das hinter dem Feld nicht mehr (oder noch nicht).

»Da dürft ihr nicht hin, da gibt's Minen und Stolperdraht«, teilten uns die Männer aus der 54. Brigade mit, sprangen in den Transporter und machten sich aus dem Staub. Uns ließen sie alleine mit dem Feld zurück, mit Kisten voller Munition und dem langen, langen Winter.

»Sechs Monate«, dachten wir, »das ist fast ein ganzes Leben! Sechs Monate an der Front, den ganzen Frühling und Sommer unter Beschuss, ohne den geringsten Alltagskomfort, in der feuchten Erde. Die Männer sind Helden. Eindeutig Helden!«

Der Herbst verging, und dann der Winter. Unsere Unterstände waren so undicht wie wundertätige blutende Ikonen, wir versanken im Dreck, schoben steckengebliebenes Kriegsgerät herum, froren auf den Wachposten, schlugen beim Stab Essen für uns heraus, klopften Wanzen aus den Matratzen. Wie lange sind wir schon hier? Sieben Monate. Sind wir Helden? Nein. Wir schaffen es nochmal so lange. Schaffen es über das Feld und auf die andere Seite des Feldes. Sogar noch weiter, wenn nötig. Sieben Monate sind mehr als ein Leben. Ein Leben und ein bisschen mehr. Gerade beginnt der Frühling – neues Leben, neue Hoffnungen und Erfahrungen, in denen auch Verzweiflung Platz hat, Schwermut und eine vorsichtige Freude über das Grün der Bäume und Sträucher. Wie genial es ist, in Schlappen und nicht in Gummistiefeln zur Latrine zu gehen.

Sieben Monate an der Front, das heißt, alles zu verstehen, aber kein Bedürfnis zu haben zu reden, nicht unbedingt reden zu müssen, weil man alles versteht. Es heißt, am Gesichtsausdruck der Kameraden zu erkennen, woran sie denken. Wenn Ruhe beunruhigt, und Schüsse und Explosionen alles an seinen Platz rücken. Wenn die Maschinenpistole nicht bloß ein »Schießgewehr« ist, sondern dein Pass und dein Nachweis über den Abschluss aller möglichen Übungen. Wenn man solche Sehnsucht nach seinen Lieben hat, dass man einfach nicht an sie denkt, um sich nicht unnötig an das Leben zu erinnern, das man vor der Einberufung gelebt hat. Bei uns scherzt man: Die Ablöse ist etwas für Schlappschwänze. Aber nach Hause wollen die meisten. Um sich auszuruhen, auszuschlafen, um keinesfalls zu vergessen, dass man nicht nur Soldat, sondern auch Mensch ist, um Staub und Schmutz, die sich während der langen Monate in die Haut eingefressen haben, abzuwaschen. Und danach kann es wieder zurückgehen. Viele wollen Berufssoldaten werden, für viele ist der Krieg ein Teil ihres Lebens geworden, für manche der Sinn des Lebens. Abseits vom Militär hat das Leben keinen Sinn, Depressionen, Zerstreutheit, ein Unbehagen, als würde man eine fremde Zahnprothese anprobieren oder mit Krümeln im Bett schlafen.

»Leute«, wird man uns irgendwann fragen, »seid ihr schon lange hier?«

»Sieben (acht, zehn) Monate.«

»Wow!«

»Alles cool«, werden wir sagen.

Und selbst denken wir: »Wirklich wow …«

Wir sind schon lange hier. Das ganze Leben, und ein wenig mehr.

Walking Corpse Syndrome

Kostja glaubt an Gott und trinkt viel. Manchmal sehen wir ihn wochenlang nicht. Er klettert nicht aus dem Unterstand, zieht seine Uniform nicht an, geht nicht auf Wache und entzieht sich der Gemeinschaft. Er hat nicht einmal einen richtigen Unterstand, eher einen Fuchsbau, wo er isst, trinkt und sogar die Notdurft verrichtet. Im Falle eines Volltreffers in sein Loch mit einer Granate der 80er Generation würde er zusammen mit all seinen Gebeten in Hackfleisch verwandelt. Das beunruhigt ihn freilich ganz und gar nicht, er lebt einfach weiter, oder besser gesagt, er vegetiert vor sich hin und versäuft das Geld der Steuerzahler.

Dreimal im Monat geht er mit einem riesigen Industriesack in die Stadt, füllt ihn mit Alkflaschen und kehrt an seinen Platz zurück. Er krabbelt in den Unterstand und säuft. Was er isst, keine Ahnung. Wahrscheinlich Kekse aus einer Schachtel. Einmal habe ich gesehen, wie er eine Sechs-Liter-Flasche mit Sonnenblumenöl in den Unterstand trug.

Kostja ist wie ein Tier. Schmutzig und unrasiert, die Haare voller Kletten, ungeschnittene Nägel, schmutzige Waffen, ein irrer Blick und ein furchterregendes Lächeln. Im Laufe eines halben Jahres an der Front hat er sich in eine Art Hund verwandelt, der sich ins Armeelager geschlichen hat in der Hoffnung, sich von Küchenabfällen ernähren zu können.

Als wir einmal vom Fronteinsatz zurückkommen, sehen wir Kostja wie irre in unserem Stützpunkt umherrennen, wobei er verängstigt vor sich hin brabbelt, dass sein Herz nicht mehr schlage. Genauer gesagt, dass es verschwunden sei.

»Man hat mich umgebracht«, erklärt Kostja panisch. »Eine Mine hat mich umgebracht, und jetzt habe ich kein Herz mehr.«

Er rennt zu Onkel Ljoscha, um ihn um Rat zu fragen, schaut in die Unterstände, fasst sich an die Brust, zieht seinen Pullover aus, um seinen rasierten Oberkörper mit der langen Narbe vom Bauch bis zum Solarplexus zu zeigen, schüttelt sein Haar, als wolle er den Sand darin loswerden und setzt sich dann plötzlich auf den Boden und weint wie ein kleines Kind, dann springt er wieder auf und rennt herum.

Wir rufen den Sani unserer Kompanie. Der 23-jährige »Doc« ist gutmütig und zynisch, er geht ruhig auf Kostja zu, hält ihn an, nimmt ihm am Arm, fühlt seinen Puls, schaut ihm in die Augen und setzt ihn dann auf den Boden.

»Idiot«, sagt der Doc in leicht beunruhigtem Ton. »Du hast Probleme. Du hast kein Herz.«

Dann kommt er zu uns und meint, dass Kostja sich höchstwahrscheinlich ins Delirium tremens verabschiedet habe. Außerdem versichert er uns, dass man ihn morgen abholen werde.

»Besser wäre es, ihr erschießt ihn«, fügt er hinzu. »Das war ein Scherz. Wenn auch nicht wirklich.«

Kostja kehrte in seinen Unterstand zurück und ist dann anscheinend eingeschlafen. Nun, wir haben ein paar Stunden lang nichts von ihm gehört. Doch dann hörten wir ihn. Er weinte laut, so beängstigend, wie ein Mann vor Schmerz heult, mit jaulender, sich überschlagender Stimme. Er weinte lange Zeit. Bis tief in die Nacht. Dann, so heißt es, rannte er wieder, schnitt sich die Haut auf der Brust auf, zeigte ein paar alte Granatsplitter, die ihn angeblich getötet hätten.

Ich suche im Internet, gebe die Symptome ein. Alles, was Google als Antwort liefert, ist das Cotard-Syndrom oder auch Walking Corpse Syndrome, das sich vor allem in der Überzeugung des Betroffenen äußert, dass ihm einige Organe fehlten. »Menschen mit diesem Syndrom«, lese ich, »können der Ansicht sein, dass ihr Gehirn verfault, dass sie einige innere Organe verloren haben oder geschmolzen sind. Einige sind sich sogar sicher, dass sie lebende Tote sind.«

Am nächsten Tag brachten sie Kostja in die Klapse. Sie gaben ihm eine Spritze, behandelten irgendetwas. Es schien ein Nierenversagen zu sein, das, wie es in der medizinischen Fachliteratur beschrieben wird, dieses Syndrom auslösen kann.

Und dann entließen sie ihn als »Avatar«, das heißt als unheilbaren Alkoholiker.

»Besser, er wäre erschossen worden«, dachte ich damals.

Was ist aus ihm geworden? Ich will es mir gar nicht vorstellen. Wahrscheinlich ist er gestorben. Weil ihm das Herz fehlte.

Der Verbrecher-Kodex als Religion

»Scheiße, Artem, was machst du da?«

»Wieso?«

Mir gegenüber steht Onkel Ljoscha, in Unterwäsche, in eine Wolldecke gewickelt und in Gummigaloschen. Seine Augen sind blutunterlaufen, seine Hände bereit zum Kampf, sein Mund lächelt, aber es liegt etwas Bedrohliches, Gefährliches darin.

»Artem«, sagt er, »du hackst das Holz morgen!«

»Wieso nicht heute?«

»Heute ist Sonntag. Am Sonntag darf man nicht arbeiten.«

Er behandelt mich nicht bloß wie einen Landsmann, sondern auch wie einen Enkel, das bewahrt mich vor seiner allumfassenden Verachtung und seinen Handgreiflichkeiten. Ich spüre das. Manchmal nutze ich es auch aus.

Der Kodex als Religion wurde zur Religion des Kodex. Was kann ein Mensch in – sagen wir – sechzig Jahren erreichen, was kann er begreifen, mit welchen Gedanken und mit welcher großen Wahrheit füllt er seine innere Welt? Onkel Ljoscha, der raue Kerl, hat sein eigenes Verständnis von Gerechtigkeit. Verstümmelt von der Last der Lagererlebnisse. Es ist eng mit Gesetzen des Knasts und religiösen Riten verbunden. Für Ausspucken im Haus wird einem ein Auge ausschlagen, für das Wort »Schwuchtel« ein Ohr abgeschnitten. »Hey, du arbeitest am Sonntag? Dafür brech' ich dir die Knochen, Hurensohn. Mit welcher Hand bekreuzigst du dich, Drecksack?« Und eins in die Zähne!

Die Welt scheint in einer abgehobenen, nicht auf eigenen Erfahrungen beruhenden Metaphorik zu dir zu sprechen. Es sind die Redensarten der Unterwelt, die Angst machen, weil sie so rätselhaft und fantastisch sind. Du hast wenig Ahnung von diesen Gesetzen, den religiösen und denen des Gefängnisses, den Gesetzen von Gerechtigkeit und scholastischer Moral.

In den Gesprächen mit Onkel Ljoscha pflichte ich ihm meistens bei. Ich diskutiere selten mit ihm, respektiere seinen Anspruch auf Meinungshoheit. Ich muss nicht immer Recht haben.

»Weißt du, Alter«, sage ich ihm. »Ich war mir sicher, dass heute Samstag ist.«

»Der Sabbat. Aber wir sind ja keine Juden.«

Ich pflichte ihm bei. Beziehungsweise ich widerspreche ihm einfach nicht. Genauer gesagt, teile seine Ausdrucksweise nicht, lasse den Kern des Gesagten aber zu. Sein Kodex ist eine Religion, und die Religion ist zum Kodex geworden. Er weiß garantiert nicht, was in der Bibel steht, und was in seiner Gefängniswelt von Generation an Generation überliefert wurde.

Einen Teil seines Kodexes übernehme ich, passe ihn für mich an. Ausspucken im Haus ist tatsächlich unter aller Sau. Und auf »Schwuchtel« muss man immer reagieren. Das ist alles nicht schwer, es strukturiert vielmehr dein Leben, gibt einfache und klare Antworten auf schwierige Fragen, gibt deinen, so mag es scheinen, konfusen Taten einen Sinn, nährt deine Existenz, zieht eine klare Linie zwischen Gut und Böse, bringt Ordnung und Chaos in Einklang, erhebt das Menschsein als Essenz dieser Welt auf eine höhere Ebene. Du sollst am Sonntag nicht arbeiten, du sollst deine Freunde nicht bestehlen, du sollst vom Tschyfir* nie mehr als zwei Schluck auf einmal nehmen, du sollst Vater und Mutter ehren. Und denk immer daran, was unter aller Sau ist und was nicht. Die Liste ist gar nicht so lang. Das wichtigste ist, konsequent zu sein. Und ehrlich zu sich selbst. Denn die Religion wie auch der Gefängniskodex verlangen Ehrlichkeit und Konsequenz.

Menschen wie Felsen in der Brandung

Wenn der Krieg für diejenigen südlich der Mauer unbedeutend geworden ist, so gilt das erst recht für die, die ihn seit vielen Monaten erleben. Man will nicht über ihn schreiben, man will ihn vergessen.

Das ist wie das Leben in der Sowunion.

Und dann sind da noch die Verrückten, die fühlen sich wie magisch angezogen von den durch Artilleriebeschuss zerstörten Stellungen und Städten nahe der Front mit den umgestürzten Lenin-Statuen und zerbrochenen Fenstern und beschädigten Krankenhäusern. Als ob ein westlicher Journalist oder ein linker Aktivist und Schriftsteller wie Henri Barbusse, André Gide oder Lion Feuchtwanger etwas über die UdSSR gelesen haben* und nun fasziniert sind und dorthin wollen.

»Dort will ich leben«, denkt er. »Dieses Land, diese Menschen – sie sind wie Felsen!« Und er kommt und ist von allem überrascht und findet manches bedrückend und manches schockierend. Und die Menschen, ja die Menschen … GULAG, Ballett, Traditionen, irgendwelche Arbeiterversammlungen, Sport, Katajew*, Fadejew*, Pioniere … Begeistert schreibt er alles auf, gibt Interviews für seine westlichen Kollegen, und so vergeht ein Jahr, dann zwei, und das Leben im Land der Räte wird zur unangenehmen Routine, ein stiller Tümpel, der nicht ins Meer mündet, eine stinkende Kloake, in dem ein betrunkener Fahnenschwenker das Hab und Gut der ganzen Kompanie in Besitz genommen hat.

»Na, wie ist es dort?«, fragen sie ihn. »Das ist doch wie die UdSSR, dieses Land, diese Menschen, die sind hart wie Stein«

»Nicht ganz, ihr irrt euch. Menschen sind Menschen. Das Land ist wie jedes andere Land. Es gibt GULAGs, Nomenklatura, Gauner, Unterversorgung … uninteressant …«

»Wirklich?«

»Ja, wirklich.«

Und so ergeht es mir mit einigen Volontären oder zufälligen Besuchern der Front. So viel romantische Begeisterung, so viel Pathos und aufgeblasene Arroganz. Und erst dieses Wort: Krieg!

»Wir waren im Kriegsgebiet! Dort schießen sie, und die Menschen sind wie Felsen.«

Nun ja, sie schießen, und ja, die Menschen sind (gezwungenermaßen) ehrlicher als normale Bürger. Schuppige Haut, speckig glänzende Kleidung, Müdigkeit und Entschlossenheit spiegeln sich in trüben Augen. Und nichts erstaunt sie mehr und nichts schockiert sie mehr. Wer interessiert sich für sie? Worüber soll ich schreiben?

Soll ich à la Tschechow eine Geschichte über dieses Tintenfass schreiben?

Unser Jahrestag im Donbas

Wie lange haben wir uns nicht gesehen? Ohne sie ist mir früher eine Woche wie eine Ewigkeit vorgekommen. Selbst wenn wir genug voneinander hatten, wenn wir müde waren vom engen Zusammenleben, wenn es so schien, als wären anscheinend alle Geheimnisse bis zum letzten Symbol entschlüsselt, selbst dann bekam ich schnell Sehnsucht nach ihr.

Wir sind seit zehn Jahren zusammen, demnächst ist unser Jahrestag, und genau jetzt habe ich sie am längsten nicht gesehen: drei Monate.

Ihr neues Buch ist erschienen, und der Herausgeber hat eine Lesereise durch die Ukraine organisiert. Von mir ist schon fünf Jahre nichts erschienen, aber es beunruhigt mich kein bisschen, ihr Buch ist stellenweise auch meins geworden. Es ist viel von mir darin, über mich, viele unserer gemeinsamen Erfahrungen und natürlich unsere Sorgen, ihre Gedichte sind davon durchtränkt. Die nächste Stadt auf ihrem Reiseplan ist Sewerodonezk. Das ist nur fünfzig Kilometer entfernt, fast um die Ecke, im selben Gebiet, das zerschnitten ist von Checkpoints entlang der Route.

Ich will fahren und will nicht fahren, ich habe Angst. In erster Linie habe ich Angst, den eingespielten Alltag, den ich mir zurechtgelegt habe, zu zerstören, Ordnung und Ablauf meines täglichen Lebens, die Klarheit der Ereignisse. Die Reise wäre eine innerliche Revolte für mich, ein überraschender Wirbelsturm, der alle Schiffe vom festgelegten Kurs abbringt. Aber Wlad überredet mich, erklärt mir die Notwendigkeit dieser Fahrt, erklärt es auf seine Art, einfach und ohne Sentimentalität. Ich verstehe wenig von dem, was er sagt, aber er lässt nicht locker.

Petrowytsch, der Kommandeur meiner Kompanie, gibt mir ohne Weiteres frei. Ein Taxifahrer will mich für vierhundert Hrywnja fahren. Onkel Ljoscha sagt, dass ich nicht früher als in einer Woche zurückkommen solle, hier gäbe es sowieso nichts zu tun, die Separos würden ohne mich nicht abhauen, ich solle mich ausruhen, ausschlafen und endlich meine Frau sehen.

Den ganzen Weg von unserer Position (über Solote, Hirske, Bila Hora, Lysytschansk) bis nach Sewerodonezk bin ich aufgeregt wie vor unserem ersten Date. Der Taxifahrer erzählt von unseren Vorgängern, den Jungs der 54., dass er ihnen geholfen habe und sogar mit ihnen zum Gefecht gefahren sei. Er sagte, dass er zu uns keinen Draht habe (»obwohl ihr doch normale Männer seid, mit Maß und Ziel trinkt, eigentlich keine komischen Sachen macht«). Er erzählt von den Männern, die bei Trojizke eingekesselt wurden. Erzählt von den Gruben und Kombinaten, an denen wir vorbeifahren, erzählt von russischen Soldaten, seinen Bekannten, die genug vom Kämpfen haben und in Ruhe ihr Veteranenleben in der Sowjetunion zu Ende leben wollen. Als wir durch Hirke fahren, zeigt er auf drei Frauen am Straßenrand vor der Apotheke.

»Wieso willst du so weit fahren? Hier gibt es alles, sogar billiger als in Sewer.«

Ich erkläre ihm, dass ich zu meiner Frau fahre. Er entschuldigt sich und fragt, ob ich nicht in einer Konditorei halten wolle, um eine Torte zu kaufen.

Es ist Ende April, meine liebste Zeit im Jahr. Zu dieser Zeit lebt in mir immer etwas Neues auf. Jedes Jahr spüre ich ein Verschmelzen mit der Welt, etwas, das mir den Atem verschlägt, und dass ich leben will, allem zum Trotz. Die weiße Birnenblüte, das grüne Gras auf den Hügeln, die frische Schwarzerde der Privatbetriebe und die freudige Sonne wekken in mir ein erstaunliches Bild, in das sich die Angst vor dem Unbekannten und dem Vergessen mischt, sie wirbeln in mir Emotionen zuhauf auf, die mir in diesem Jahr, das ich im Null-Zustand verbracht habe, abhandengekommen sind.

Ich fahre zu ihr, als wäre es zum ersten Mal, wie zu einer Fremden, einer Unbekannten. Wie vor zehn Jahren, als ich sie einlud, am Wochenende nach Lwiw zu kommen, obwohl wir uns abseits der virtuellen Kommunikation nie gesehen hatten. Damals fuhr ich mit der Marschrutka Nummer 3 zum

Bahnhof, im Bauch ein ähnliches Gefühl dumpfer Angst und durstiger Neugier.

Vier Uhr Nachmittag, ich stehe bereits vor dem Restaurant. Sie läuft heraus, umarmt mich natürlich, sagt etwas, zieht mich ins Innere: »Komm, ich stelle dich vor.« Dort sitzen Leute, die gerade fertig zu Mittag essen. Ein Ehepaar, örtliche Patrioten, der Herausgeber meiner Frau und ein Dichter, der schlecht zu sehen scheint, und offensichtlich selbst keine Ahnung hat, was er hier tut und wer diese Leute sind.

Ich bestelle Suppe und Buletten. Sitze da, kaue und kann mit der Realität rings um mich nichts anfangen. Dichter Nebel, seltsame Gerüche, die Menschen, Stühle, die Gerichte auf der Speisekarte, die Musik. Und ich im Feldanzug mit Aufnähern des heiligen Michael und der Fahne der Ukraine. Ein Dreitagebart, an den Händen Schmutz, der sich nicht gleich abwaschen lässt, schwitzend wie ein Verräter, verloren letztendlich.

Zwei Tage. Wir haben zwei Tage. Sie scheint glücklich zu sein, und obwohl ich mich bemühe, Ähnliches zu empfinden, erstarre ich bei jeder Kleinigkeit.

Nichts bereitet mir Freude, ich habe auf nichts Lust. Könnte ich nur möglichst schnell zurückkehren in meinen gewohnten Alltag, zur schmalen Treppe des Unterstands, zum Modergeruch, zum Gefühl leichter Gefahr bei ganztägigen Fußmärschen, zum Tagesplan, der Bedächtigkeit, den eingespielten Abläufen, der Klarheit. Zur tiefen Sehnsucht nicht dort, sondern bei ihr sein zu wollen.

Wir frühstücken irgendwo, gehen ins Kino, spazieren durch die Stadt, trinken in der für zwei Tage gemieteten Wohnung Limoncello, auf der Heizung liegen von jemandem vergessene, neue Talan-Stiefeleinlagen.

Sie lacht, mitten auf der Straße bricht sie plötzlich in Tränen aus, sie habe ihren Ohrring verloren. Später finden wir ihn in den Falten der Bettwäsche.

Ich schlafe viel. Sogar untertags für ein paar Stunden. Ich bemühe mich, einen guten Eindruck zu machen, so zu sein, wie sie mich sehen will. Aber es mag mir nicht recht gelingen.

Draußen rauschen heimatlich die Bäume im Wind. Am Tag der Abreise schüttet es ohne Unterbrechung, es ist dieser besondere Frühlingsregen, der mit dem Wasser Glück und helle Wehmut bringt.

»Gut, dass ich gekommen bin«, sage ich, als wir bereits am Bahnhof stehen. Sie fährt nach Slowjansk, ich nach Popasna. »Gut, dass wir das hier hatten. Unseren Jahrestag irgendwo im Donbas.«

»Etwas, woran wir uns noch lange erinnern und das wir unseren Kindern erzählen werden.«

»Himmel«, denke ich, »wir werden unseren Kindern so viel erzählen können, dass unser ganzes Leben dafür nicht reicht.«

Und wir fahren in verschiedene Richtungen los.

Siebzehn Säcke mit Osterbrot

Anfang Mai kommen wieder Volontäre aus Winnyzja. Wir hatten sie gebeten, nur Mineralwasser mitzubringen, sonst nichts, aber dieses »nur Mineralwasser« war ein Karren voller Dinge, auf die ein einfacher Soldat, um ehrlich zu sein, leicht verzichten konnte. Mehrere Kisten mit Süßigkeiten, Obst, Batterien, einiges Gebäck und Käsekuchen, Hering in Eimern und Sardinenkonserven, eine große Supermarkttasche voller Unterwäsche und siebzehn Säcke Paskas, Osterbrot.

Es war ein paar Tage nach Ostern. Die Jungs der vierten Einberufungswelle wurden entlassen, einige der andern hatten sich auf die Krankenstation abgeseilt, andere auf Heimaturlaub. Auf dem Stützpunkt waren zusammen mit den abgestellten Berufssoldaten etwa dreißig Leute übrig. Es war schon einen Monat her, dass wir einen Kilometer der grauen Zone erobert und dort neue Befestigungen gebaut hatten. Ein Teil der Truppe war permanent an diesen Grenzen stationiert, so dass sich kaum noch jemand auf dem Stützpunkt aufhielt. Kommt und nehmt ihn mit bloßen Händen ein, schlitzt die schlafenden und betrunkenen Soldaten in ihren Unterständen auf. Aber darum geht es nicht. Nach Anzahl an Soldaten erhielten wir vom Stabsquartier etwa zwanzig Paskas. Mehr als genug. Wir würden nicht mehr brauchen. Außerdem haben Onkel Ljoschas Volontäre auch einige volle Kisten geschickt. Paskas, Eier, Wurst, Käse, Schinken. Jemand hat auch ein Paket von zu Hause erhalten. Ein anderer war extra nach Popasna zum Einkaufen gefahren. Man konnte den Eindruck haben, die ganze Ukraine hatte auf Ostern gewartet, um die Front mit Lebensmitteln zu überschütten, so viel, dass einem schwindelig wurde. Um das Land zu unterstützen. Um uns zu ersticken.

Und dann kamen auch noch die Volontäre aus Winnyzja mit ihrer Karre vollgestopft mit Zeug.

»Leute, fahrt zurück! Lasst uns eine Tasche da und nehmt den Rest wieder mit. Wir können das nicht alles essen, sorry«, sagten wir.

»Was heißt, ihr könnt nicht alles essen?«, wunderten sich die Männer.

»Ihr seid siebzig gesunde Mäuler hier. Esst, Jungs, esst.«

»Was heißt hier siebzig? Im Winter waren wir siebzig, jetzt sind wir nicht mal dreißig.

»Esst«, sagten sie mit Nachdruck.

Und dann gingen sie. So ruhig, so selbstsicher und zufrieden, weil sie ihren Auftrag erfüllt hatten.

Wir stellten die Paskas unter ein Vordach neben dem Generator. Siebzehn Industriesäcke mit je zwanzig Stück. Noch frisch. Ein bisschen zerdrückt, aber frisch.

Das erinnerte uns an die Zeit, in der wir Speck in die Öfen werfen mussten und ganze, leider verschimmelte Käselaibe in die Schützengräben entsorgten. Doch wir würden versuchen, das Osterbrot aufzuessen (ja, ja, es gab Zeiten, da gab es so viel Käse und Speck, dass wir Essen wegwerfen mussten, pro Soldat drei Kilogramm Hartkäse pro Woche. Und dazu noch Hunderte von Rindfleischkonserven und Kondensmilch, mit denen wir ganze Pyramiden bauten. Aber es gab auch andere Zeiten, in denen wir nicht einmal das Allernotwendigste hatten.) Aber zu dritt mehr als eine Paska pro Tag zu verdrücken, war unmöglich. Der Rest von uns, der zudem eigene Vorräte hatte, weigerte sich, sie auch nur anzurühren.

Wir haben gegessen. Langsam. Nach einer Woche sahen wir, dass wir trotz allem drei Säcke aufgegessen und verteilt hatten. Und der Rest? Einige begannen, zu schimmeln, andere auszutrocknen. Ein Sack wurde vom Regen durchnässt, und wir mussten den Mehlmatsch loswerden. Und wir mussten in die graue Zone auf den Außenposten, denn der Krieg wurde tagtäglich lauter. Unsere Körper verformten sich wie gallertartige Masse. Tagelang aßen wir nur Paskas, stopfen zusätzlich noch Schokobonbons in uns hinein, bis wir irgendwann merkten, dass unser Urin schon nach Vanille roch. Wir kehrten zur Kascha zurück. Mit Lust aßen wir ein paar Dosen Sülzfleisch.

Aber einige Paskas waren noch übrig. Und das wurde zu einem großen Problem, denn die meisten von uns waren mit der Vorstellung aufgewachsen, dass man selbst den kleinsten Brotkrümel ehren musste.* Wir konnten einen oder zwei Eimer Kascha einfach in den Schützengraben kippen, ein paar Säcke mit Kartoffeln in der Schwarzerde verbuddeln. Aber Brot – nein, auf gar keinen Fall. Weder harte Krusten noch ein Kanten durfte weggeworfen werden, sonst würde uns die Erde selbst verfluchen, und die Bauern mit ihren schwieligen Pranken würden uns bis ans Ende unserer Tage verfolgen. Wir schlichen um die Säcke und beobachteten bedrückt, wie das Brot verdarb, das dem Schoß der ukrainischen Erde entsprossen war, wie die Säcke traurig dastanden, hier und da bereits von Mäusen zerfressen, wie die verstörten Geister der einheimischen Bauern im salzigen Schweiße ihres Angesichts und den Mühen ihres Lebens verblassten.

Mein Freund Roman fand einen Ausweg. Er besuchte öfter einen Weiler, der an der Frontlinie lag. Dort besorgte er von den Bewohnern Milch, Käse, saure Sahne und Wodka. Er trug die Paskas, die nun für Kühe und Hühner bestimmt waren, selbst auf den Schultern. Er machte mehrere Gänge doch eines Tages geriet er unerwartet in einen Hinterhalt. Erschrocken verschoss er das ganze Magazin seiner Maschinenpistole und machte sich mehr tot als lebendig auf den Rückweg, das Brot immer noch in der Hand …

Und dann riefen uns die Volontäre aus Winnyzja an.

»Und, habt ihr alles aufgegessen?«

»Ja, wir haben alles aufgegessen«, logen wir.

»Ach so, na gut, dann kommen wir nächste Woche wieder!«

»Nein«, antworteten wir grob.

Ich hoffe, dass sie nicht beleidigt waren.

Zum Feind schauen

Von Anfang an hat es sich so ergeben, dass ich immer zum Feind hinüberschaue. Zu seiner Position, meine ich. Das Leben im Feld hat seine eigenen Gesetze. Manchmal kann man sie ignorieren, manchmal kann man das Schicksal herausfordern, lebt allem zum Trotz. Aber nicht zum Feind hinüberzuschauen, ist unmöglich. Im zweiten Monat geht es in einen Reflex über. Man blickt ständig aufs Feld, ins dichte Gestrüpp des quer verlaufenden Grüns. Von wo geschossen wird. Von wo sie kommen. Manchmal bemerke ich, dass den ganzen Tag niemand außer denen, die Wache schieben, in Richtung Feind schaut. Manchmal nicht einmal die, die Wache schieben. Das Leben ist ihnen gleichgültig. Denn sterben, das passiert nur den anderen.

Als ich zum Militär ging, fasste ich einen klaren Entschluss: zu überleben. Und wenn es denn unbedingt sein muss: zu sterben. Aber besser zu überleben. Deshalb lautet mein Ziel, immer zum Feind zu schauen.

Jeden Morgen, wenn ich nach dem Aufstehen hinter einem Busch austrete, blicke ich zum Feind hinüber. Während ich über dem Donnerbalken hocke, blicke ich hinüber. Wenn ich mich zwischen Feld und Waldstreifen sonne, bin ich auf der Hut.

Ich trainiere fast jeden Tag. Hanteln, Kugelhanteln, Eichenstämme, Klimmzugstange, Barren. Mein Blick ruht auf der Schule. In der Schule ist der Feind. Ich trainiere und schaue. Ich ertappe mich bei dem Gedanken, ob es auf der anderen Seite auch jemanden gibt, der trainiert und dabei unsere Positionen beobachtet. Der Kugelhanteln stemmt, Sportlernahrung zu sich nimmt, morgens joggt? Oder der, während er sein großes Geschäft verrichtet, die Lichter in unserem Waldstück betrachtet und denkt: Was wohl die Ukrops machen? Wie leben sie? Sind schon alle von ihnen betrunken oder nur die Hälfte? Essen sie vielleicht? Wenn ja, was? Die Kinder des Donbas? Vielleicht sitzen sie in den Unterständen und gucken Filme? Welche?

Ja, welche? Offensichtlich gucken wir sehr ähnliches Zeug. Zur selben Zeit sitzen wir hinter den Schutzwällen – zwischen uns ein Kilometer – und schauen uns die neuesten Streifen an. Raubkopien, schlecht synchronisiert, mit Werbung für »Joy-Casinos«. Actionfilme, hauptsächlich Actionfilme, über Helden von heute. Wir machen uns darüber lustig, dass sie nicht der Wirklichkeit entsprechen, denn schließlich wissen wir, wie man eine Waffe hält und wie man mit ihr umgeht. Wir wissen, dass sogar eine kleine Verletzung durch einen Splitter die Körpertemperatur innerhalb einer Stunde auf vierzig Grad hinaufschnellen lassen kann, dass die Zielgenauigkeit bei Kalaschnikows unterirdisch ist, dass eine RPG-7 jedes Kriegsgerät stoppen kann und dass nach drei Treffern mit einer Panzerfaust auf ein gepanzertes Fahrzeug der Fahrer kaum glücklich und unversehrt herauskriechen wird.

Sie haben rote Signalraketen abgefeuert. Das machen sie immer, danach geschieht in der Regel nichts. Wenn etwas geschieht, dann spontan, ohne Vorwarnung. Und ich schaue. Beobachte. Ich kenne wahre Geschichten über eingekesselte Stützpunkte. Ich kenne Geschichten über verminte Unterstände. Ich weiß, wie sich Spionagetrupps in der Nacht fortbewegen, nämlich wie Wildschweinrotten. Deshalb achte ich darauf.

Jeden Tag, wenn ich mit einem Zwanzig-Liter-Plastikkanister zur Zisterne gehe, drehe ich meinen Kopf nach links, ich schaue zum Feind. Wenn ich dann damit zum Unterstand zurückkehre, schaue ich nach rechts.

Jeden Abend, wenn ich am Feuer sitze, kneife ich die Augen zusammen und versuche, den Abendnebel mit meinem Blick zu durchdringen, das Feld zu erspähen, die Schule, die andere Seite.

Vor dem Einschlafen, wenn ich hinausgehe, um tief durchzuatmen, schaue ich in die Nacht.

Jedes Mal, wenn ich im freien Feld bin, blicke ich hinüber.

Das Leben unter freiem Himmel hat eigene Gesetze. Man kann sich ihnen nicht entziehen.

Ein besonderer Frühling

Dieser Frühling ist einzigartig in meinem Leben. Wahrscheinlich lohnt es sich, über ihn eine eigene Geschichte zu schreiben. Etwas, das zugleich im Geiste von Pirandello und Beckett ist. Über die Dramatik des Alltags, über seine philosophischen Grundlagen, über das unvermeidliche Scheitern im Leben und die Flucht vor der Realität.

Der Frühling begann mit Stille. Stille Märztage, erfüllt von gedämpfter Ruhe, uns war nicht nach reden. Schwarze Krähen und Raben kreisten über uns, das Gras des Vorjahrs war vertrocknet und doch feucht, die klebrige Schwarzerde, blendende Sonne, Eisglätte und eine endlose Anzahl von Filmen, die ich von morgens bis spät in die Nacht immer wieder ansah. Und immer wieder die gleichen Vorbereitungen für die Eroberung der grauen Zone, die unmotivierte Flucht eines Soldaten nach der Explosion einer Granate und die Verwundung von Sanja, seine anderthalbmonatige Behandlung, die ersten Nächte auf dem neuen Außenposten, wo ich heimlich mein Testament schrieb.

Und auch Todesfälle, weitere Verwundungen, der schwarze Mantel des Fähnrichs Jura, drei Schachteln Zigaretten pro Tag und tagtäglich literweise Energydrinks.

Dieser Frühling war ein endloses Training, fünfmal pro Woche. Versuche, sich gesund zu ernähren. Müsli, Milch, Bananen, Eier, Fisch, alles, was wir in Popasna selber einkauften.

Ich schreibe viel. Von meinem Tablet trenne ich mich nur während der Trainingseinheiten. Schreiben und Training sind Aktivitäten, die mich vor dem Verrücktwerden bewahren, Dinge, die mich über Wasser halten, die mir helfen, meine Bedürfnisse zu verstehen. In erster Linie mich selbst.

Dieser Frühling schenkte mir eine emotionale Leere und brüderliche Liebe für meine Kameraden. Im täglichen Dienst entleert sich alles zur Routine. Da bist du, die Waffen, eine Pennermatratze, die aus einem verlassenen Haus stibitzt wurde, es gibt ein Funkgerät, einen Beobachtungsposten, Pampa,

Fernbrille, Infrarotkamera, Nachtigallen und Ruhe. Du gehst zehn Meter weit, um zu pinkeln, und meinst, dass man dein Pissen noch in Luhansk hören wird.

Hör hin, lausche, starre in die Nacht, schau auf das stille Feld. Oder auf den dunklen, kalten Himmel. »Siehst du die Drohne? Sie sieht dich.«

Manchmal hat es den Anschein, als könnten dich alle von der anderen Seite sehen. Und sehr oft scheint es, dass man dich im Visier seines Zielfernrohrs hat. Selbst dann, wenn auch du durch ein Zielfernrohr blickst. Selbst wenn du auf deiner Pennermatratze schläfst, sieht dich einer. Sie können sich von hinten anschleichen. Zwischen ihren und unseren Stellungen befindet sich gerade mal ein Kilometer Pampa. Aus dieser Entfernung kann man dir leicht den Tod schicken. Dir und den vier anderen Soldaten, die gerade mit dir Dienst schieben.

Und im Fall des Falles wirst du nicht einmal Zeit haben, das Maschinengewehr zu positionieren, wirst es nicht schaffen, deine Maschinenpistole in Anschlag zu bringen. Also musst du deine eigene Waffe stets bereithalten. Und dein Herz klopft-klopft-klopft von Nikotin, Koffein und natürlich Adrenalin. Und deine Füße sind steifgefroren in Armeelatschen oder Turnschuhen. Und dann kommt die langersehnte Morgendämmerung, wenn die Dämonen und Monster mit den ersten Strahlen der erlösenden Sonne verschwinden. Reichlich starker Kaffee, Vietnamküche (Sardinen in Tomatensoße mit Aufgießnudeln), Paska oder Süßigkeiten, die Jagd auf Kaninchen, Wildschweine und Fasane, und der lange und glückliche Weg zum Stützpunkt, wo es Schlaf, eine Dusche, Training, Bücher, Filme und natürlich mein Schreiben gibt.

Dieser Frühling ist durchsichtige Luft, die die Lungen füllt. Ruhig, beunruhigend, und doch zart. Sie erfüllt dich mit Freude, weil du noch lebst, weil du nicht in einem Schneehaufen erfroren bist und nicht von Tieren des Donbas zerrissen wurdest, weil die Verwundeten wieder gesund werden und die Toten ein ehrenvolles Begräbnis erhielten. Der Frühling bringt den Sommer, von dem wir so viel erwarten,

die Entlassung, die einfach nicht kommen will, der Frühling schenkt Bräune und macht einen Becher Kwas am Minenfeld möglich, er bringt die Sauberkeit eines trainierten Körpers und den Geruch des Wermuts im Bunker, Frieden in unserem kleinen Kollektiv, an den ruhigen Vormittagen sitzen wir in den Cafés von Popasna. Unerwartete Begegnungen mit netten Menschen im Zentrum der Gebietshauptstadt und der elementare Geruch von Schokolade und Staub an meinen Fingern.

Dieser Frühling ist einzigartig. So einen habe ich noch nie erlebt, und ich hoffe, dass ich so einen nie wieder erleben werde.

Prostituierte folgen der Armee immer

Prostituierte nehmen die Bedürfnisse nach ihren Dienstleistungen äußerst gewissenhaft wahr. Sie versammeln sich wie Nachtfalter um die schwachen Lichter des Stützpunkts. Und sie sind immer in der Nähe. Ob du es willst oder nicht.

Prostituierte sind bereit zum Dialog, wie Parlamentarier. Sie sind bereit, mit dir zu reden, erstaunliche Geschichten aus ihrem Leben zu erzählen, das voll ist von Kampf und Strapazen. Sie sind gewissenhaft und treu. Sind ehrlich und hungrig. Die Prostituierten des Donbas sind immer hungrig und essen bei jeder Gelegenheit. Sie essen Konserven und Kekse, Weißbrot mit Kondensmilch und süße, gefrorene Kartoffeln. Sie mögen geräucherte Hühnerflügel und Schweineohren, Würstchen mit Käse und Würstchen mit Speck. Sie lieben Speck. Durch den Fleischwolf gedrehter Speck mit Knoblauch ist ein klassischer Armeeaufstrich, der in Plastikgefäße abgepackt wöchentlich an die Feldküchen geliefert wird, ein Kilo pro Nase. Außerdem lieben Prostituierte Erbsenpüree.

Zum Essen trinken sie Wodka oder Bier und werden schnell betrunken, aber nicht satt. Deshalb essen sie weiter.

Prostituierte sind feinfühlig. Sie helfen den Soldaten, mit ihrer Verzweiflung zurechtzukommen, sie zähmen den Schmerz des Verlustes und beten jederzeit gerne für sie. Sie beten laut, und genauso singen sie. Ich habe sie beten, und ich habe sie singen gehört.

Um sechs Uhr morgens schlafen nur die Wachen nicht. Sie stehen an den entferntesten Posten und bewachen unseren Schlaf, wie viele von uns sind noch übrig? Zwanzig von neunzig. Und ich schlafe, zugedeckt mit einem Schlafsack, ein T-Shirt um den Kopf gewickelt, damit die Bettwanzen mich nicht beißen. Ich erwache von einem seltsamen, heiseren Gesang, der von draußen hereindringt. Einen Augenblick lang denke ich, dass ich tot bin und genauso das Fegefeuer aussieht: derselbe Unterstand, aber statt dem tiefen Atmen der Kameraden höre ich heiseren Frauengesang. Ich krieche aus meiner Ecke und schleppe mich zum Waschplatz, als ich plötzlich sehe, dass sie auf dem Drehturm unseres Transportpanzers sitzt. Mit schmutzigen, nackten Füßen, in zerrissenen Jeans und speckig glänzendem Militär-T-Shirt. Sie sitzt da und singt.

»Hallo«, sage ich. »Kannst du nicht schlafen?«

Sie lächelt mich an, zeigt ihre schwarzen, von Karies zerfressenen Zähne und antwortet nicht, sondern singt weiter ein russisches Lied über grüne Wellen, eine Karavelle und einen Wolkenbruch nach einem heißen Tag.

»Auf wen wartest du?«, frage ich, während ich kühle Wassertropfen von meinen Händen in die smaragdfarbenen, von der Morgensonne bestrahlten Sträucher schüttle.

Wieder Schweigen.

Es ist klar, auf wen sie wartet. Auf sie alle, Draufgänger, Teufelskerle, Korsaren der Luhansker Steppe, die müde und verschwitzt von ihrer Schicht zurückkommen. Die halbe Nacht lang haben sie Granaten aufs Feld geschossen, ihre Hände riechen nach Fisch und Nikotin, ihre trockenen Lippen sind vom Durst und vom Kater gesprungen. Aber sie werden kommen und werden auf jeden Fall von ihr erwartet werden, von ihr, die sie mehr liebt als ihre beiden Kinder, die ihnen ihr Lied anvertraut und ihre Depressionen und emotionalen Höhen und Tiefen heilt.

Sie ist einsam, deshalb sitzt sie hier und wartet. Sie ist traurig, deshalb singt sie dem Knattern der Maschinengewehre zum Trotz. Sie ist Explosionen gewohnt, denn sie verbringt den Großteil ihrer Zeit an der Front, in feuchten Erdhöhlen, Seite an Seite mit denen, die sie mit Alkohol, den Geschenken des Verpflegungsoffiziers und dem, was sie in den örtlichen Läden kaufen, versorgen.

Prostituierte folgen der Armee immer, wie Hunde und Katzen. Denn dort, wo Soldaten sind, findet man trotz Schmerz und Tod immer auch Wärme und Nahrung. Und natürlich Liebe.

Eine Ode auf »New Balance«

In meinen ersten Stunden in der Armee händigte mir ein nicht allzu gewissenhafter Feldwebel der Versorgungseinheit schwarze Stiefel der Größe 44 aus. Ich trage Größe 43, und diese 44er waren wirklich gigantisch. Es fühlte sich an, als ob zwischen Zehen und Stiefelspitze noch eine unserer Armee-Trinkflaschen passte. Als ich den Feldwebel darauf hinwies, dass die Stiefel zu groß seien, sagte er nur: »Stopf halt etwas Gras rein.«

Aha, dachte ich, Gras. Und nach ein paar Stunden tauschte ich sie gegen meine Turnschuhe. Dunkelgrüne »New Balance 891«. Dann sollte ich Sommerstiefel bekommen, die dreimal leichter als die schweren Klumpen und zehnmal so bequem sein sollten. Nun, ich laufe bis heute in den »New Balance« rum. Schneller als jeder andere und besser als jeder andere.

Natürlich mussten wir die Klumpen nur während der Ausbildung tragen, also trug ich meistens meine Turnschuhe.

Und dann, als ich die Grundausbildung beendet hatte, wurde ich anfangs nach Hajsyn zur Division und dann nach Henitschesk zu meiner Kompanie abkommandiert. Zum Antreten mussten wir auch dort Stiefel tragen. Und beim Wacheschieben. Die übrige Zeit trug ich die »New Balance«.

Und dann an der Küste des Asowschen Meeres hat dich niemand mehr zu irgendwas gezwungen, und dazu kam noch die irre Hitzewelle. Eine schwere, schwüle Meereshitze. Ich hatte ein paar Crocs, die alle total verblüfften. Meistens trug ich die, nur nachts zog ich Turnschuhe an, aus Vorsicht, sollte ich auf eine Schlange treten.

Und dann war da noch das Trainingslager Schyrokyj Lan. 45 Tage lang habe ich die »New Balance« so gut wie nie ausgezogen: Training, Unterricht, Lauf über ausgedörrte Steppe, Staub und Sand und Hitze und Panzer glühend heiß wie Backbleche.

Schließlich kam der September. Und nun, als verschworener Haufen, machten wir uns auf den Weg nach Osten.

Ich zog die »New Balance« erst aus, als der Novemberfrost einsetzte und freute mich dabei maßlos über die Robustheit, Schlichtheit, Qualität und vor allem die Liebe dieser Turnschuhe zu mir. Sie haben mich wirklich geliebt, so wie nur ein guter und hochwertiger Gegenstand seinen Besitzer lieben kann. Ihre Schnürsenkel lösten sich nicht, sie scheuerten nicht an den Füßen, sie behielten ihre Form und sahen noch genauso aus wie vor eineinhalb Jahren, als ich sie im Einkaufszentrum in Schuljawka gekauft hatte.

Im Winter trug ich billige Moonboots, für hundertachtzig Hrywnja. Sie eigneten sich nicht für schnelle Bewegungen, aber sie waren nachts auf Wache warm und bequem. Selbst bei minus 25 Grad auf dem Wachposten froren die Zehen erst nach drei Stunden.

Und als der Frost abklang und der Schnee hart wurde, zog ich wieder meine Turnschuhe an.

Und ich trug sie im Frühling.

Und im Sommer.

Beim Training.

Beim Laufen.

Beim Üben.

Bei Einsätzen.

Auf der Flucht.

Im Stehen.

Im Fallen.

Beim Robben.

Und beim Schlafen.

Ich träumte davon, sie wieder zu tragen, wenn ich zurückkam. Zu Hause. Auf Ausgrabungen oder bei der Pilzsuche. Oder einfach nur beim Waldspaziergang. Oder – ja – sogar in der Stadt.

Jetzt habe ich nur noch ein paar Wochen zu dienen. Wie viele? Zwei? Drei? Und ich trage sie noch immer. Und sie lieben und schützen mich. Sie haben mir während des ganzen Krieges gut gedient. Im Ausbildungslager, am Asowschen Meer, und sie werden mir auch weiterhin dienen. Sie bringen mir Glück. Ich werde sie nicht verschenken, und ich werde sie auch nicht wegwerfen, so lange bis die Sohle abblättert und das Leder in Stücke reißt.

Solche Dinge muss man schätzen, muss man schützen, so wie sie dich beschützt, dich gerettet haben. Und wenn du wieder einmal zu faul bist, sie zu putzen, dann erinnere dich daran, wie deine Kameraden zu dir kamen und sagten: »Ey Mann, ich beneide dich. Du hast so geile Latschen.«

Wunde Punkte

Ich verstehe jene, die sagen, das sei nicht ihr Krieg, sie hätten mich (uns) nicht dorthin geschickt, und überhaupt sei es ein Krieg der Oligarchen – aus Prinzip und prinzipienlos. Ich verstehe jene, die sagen: »Hey, wie ist es bei euch? Ich bin ja auch für ›Ruhm der Ukraine‹ und ›Tod den Feinden‹, aber ich habe Rheuma.« Ich verstehe jene, die sagen: »Mein Bruder ist in der Nähe von Kramatorsk, er sagt, dass es ruhig ist, vielleicht ist der Krieg bald zu Ende.« Aber denen, die an den Checkpoints stehen, überheblich sind und die Frontsoldaten am liebsten niederknien lassen würden, werde ich nie verzeihen. »Taktikwesten«, »Cougars«, »Hummers«, Scharfschützengewehre mit Schalldämpfern, der Gang faul und breitspurig, argwöhnische Augen hinter der Brille, und die auf Russisch fragen:

»Wer seid ihr denn?«

Da kommt eine zerfledderte, schnapsgetränkte Infanterie, die fünf bis zehn Monate im Schlamm steckte, zu »bumbum« erwachte und zu »ra-ta-ta« einschlief, sich alle zwei Wochen wusch, besudelt mit ätzendem Schmieröl und billigem Benzin, versoffen, krank, manche über vierzig, sogar über fünfzig. Die durch Waldstücke gerobbt und Minen entschärft hatte, die ständig auf Posten verschanzt gelebt hatte, die »Black Energy« statt Wasser getrunken hatte, um nicht vierzig Stunden am Stück zu schlafen. Dreißig Kilometer hinter den Stützpunkten springt also ein manikürter Wichser vor unser Auto und will uns einfach verscheißern: die Uniform passt nicht, zu viel Gepäck, der Stempel im Wehrpass verwischt. »Wieso so große Fresse? Sachen zur Durchsicht, Schuhe aus. Na schön, fahrt weiter.«

Die Infanterie fährt weiter, schluckt die Kränkung hinunter, vergisst schnell alle unerfreulichen Vorfälle an den Checkpoints. Zu Hause werden sie von ihren Frauen erwartet, die am Tag zuvor beim Friseur waren, ihr Haar kupferrot färbten, passend zur Farbe des Rosts, den ihre Männer sorgfältig mit dem Rostschutz WD-40 von den Waffen entfernten. Zu

Hause werden sie von ihren Kindern erwartet, die am Abend zuvor vor Aufregung nicht einschlafen konnten. Sie werden von ihren Müttern erwartet, die vor Unruhe und Wehmut die ganze Nacht nicht geschlafen haben.

Auch jene, die an den Checkpoints stehen, werden erwartet. Von ihren Frauen, Kindern, erschöpften Eltern und fröhlichen Kollegen. Auch in ihren Taschen steckt eine Bescheinigung über den Kriegseinsatz. Einsatz! Kriegseinsatz! Hat also gekämpft. Hat geschossen, sich vorm Tod versteckt, ist ihm von der Schippe gesprungen. Kehrt als Held nach Hause zurück. Wie viele von euch gibt es?

Mir ist davon so leicht ums Herz, so wohl. Danke, Universum, dass ich nicht an einem Checkpoint stehen musste, behängt mit Kalaschnikow oder modifiziertem Sniper-Gewehr. Danke, dass du mich nicht vom Zug geholt und zur Nazgarde gesteckt hast.

Das Ende der Fünften

Was hat sich seitdem geändert? Sind wir reifer, zorniger, müder geworden? Vielleicht enttäuschter? Erfahrener? Eine sinnlose Last, mit der man leben muss? Fußpilz? Tiefe Splitterwunden? Tod? Damals, Ende Mai, erschien alles ganz anders. Man karrte uns aus der Grundausbildung in Schyrokyj Lan, Riwne, Jaworiw, Tscherkaske heran. Mischte die Kärtchen mit den Posten und klebte sie in die Wehrpässe, dann verteilte man uns über die südliche Steppe. Hier sind wir. Dort ist die Krym. Merkt euch das.

Krym? Meer? Wurden wir dafür mobilisiert? Ottern und Eidechsen fangen, hiesigen Wein trinken, der auf den Motorhauben von Lanos und Slawustas verkauft wird? Die Zeit verging langsam, jeden einzelnen Tag erlebten wir prall, intensiv, als würde mit dem Sommer auch unser Wehrdienst zu Ende gehen. Unsere Augen strahlten wie der heiße Spiegel des Asowschen Meers, unsere Haut war trocken und gelb wie Gras in Askanien. Aber die Jungs bei Marjinka! Und die vom 72. bei Wolnowacha! Und wir? Soll diese verdorrte Steppe bis nächsten Frühling zu unserem sicheren Hafen werden? Haben wir umsonst die Ausrüstung gekauft und heroische Selfies vor dem verfallenen Ferienheim bei Frunse im Gebiet Cherson gemacht?

Und dann war da noch dieser Monat, den ich wie im Halbschlaf in unserem Ausbildungscamp verbrachte, als beunruhigende Gerüchte die Runde machten, man werde uns nach Bessarabien schicken – als wären wir eine Art Peinlichkeit, die man vor den Amerikanern zu verstecken hatte, die ins Lager kamen und eine Schulung durchführten, als wären wir nicht allein in der Lage, die Ostgrenzen zu schützen. ATO, das ist ein Job für eine Spezialeinheit, für eine Kampfmaschine mit stechendem Blick, wie auf den Werbeplakaten. Und dann dieses beunruhigende Wort »Einsatzgebiet«. Morgen geht's schon los. Für wie lange? Nun, für mindestens einen Monat auf jeden Fall. Alles wird dort von eurem Kampfgeist, euren Fähigkeiten und der Situation an der Front abhängen.

Ich weiß nicht, wie viel Kampfgeist noch übrig ist, aber unsere militärischen Fähigkeiten und die Situation an der Front haben unseren Aufenthalt hier auf zehn Monate verlängert.

Der milde Herbst ging in einen nassen und kalten Winter über. Dann kam der Frühling: regnerisch und leicht, wie erwartet, und schließlich der Sommer. Ruhig und windstill. Heiße Luft, Käfer, Fliegen, der Geruch von Lehm. Die Sonne, die die Körperfeuchtigkeit verdampft, trockener Staub, der vom kleinsten Windhauch aufsteigt, die scharfen Klingen des hohen Grases, die in die klebrige Haut schneiden, die Bettwanzen, die sich in Kleidung und Schlafsäcken einnisten. Von der Hitze erschöpft, irren die Soldaten auf ihren Posten umher und warten auf den Befehl zur Demobilisierung der fünften Einberufungswelle. In unseren Gesprächen erinnern wir uns oft an vergangene Ereignisse: an die Verkäufer in einer kleinen Stadt im Gebiet Cherson, Liebesbeweise, an unseren krankhaften Wunsch, zu dienen und einen wertvollen Dienst zu leisten, unser Gehalt von zweitausend Hriwna, das Ausscheiden der dritten und vierten Einberufungswelle, unser sorgenfreies Nomadenleben an der Schwarzmeerküste. Und wir teilten Pläne für das Leben nach dem Ausscheiden.

Was hat sich seither verändert? Welche Vorstellungen und welche Wut sind geblieben? Was haben wir erreicht? Was werden wir mit nach Hause nehmen, was werden wir unseren Kindern erzählen, und was werden wir nur besten Freunden erzählen?

Zerrüttete Familien, unbezahlte Kredite, unvollendete Renovierungen, heisere Stimmen, tiefdunkle Bräune, geschwärzte Augen mit orangefarbenen Kapillaren, verwaschene Hemden und T-Shirts, weiß vom Salz. Jemandem wurde ein Sohn geboren, jemandem starb der Vater, jemand hat es nicht zurückgeschafft und sowohl Sohn als auch Vater zurückgelassen. Dies war das Schicksal der fünften Einberufungswelle. Willkommen zu Hause.

Die Aprikosen des Donbas

Als waschechter Eingeborener von Tscherkasy kann man mich mit Aprikosen nicht überraschen. Ich bin einer von denen, die ihre ganze Kindheit zu Fuß oder auf dem Fahrrad durch orangefarbenen Brei gematscht sind. Ich bin einer von denen, die im Juli drei Wochen lang fast ausschließlich mit Aprikosen gefüttert wurden, ich kann folgende Geschmacksrichtungen unterscheiden: von der früh reifenden »Aljoscha« bis zur süßen »Nikita« und der größeren »Ananas«. Die Aprikosen wuchsen neben dem Haus, hinter dem Haus und die Straße entlang. Sie wuchsen im Garten meiner Oma und im Garten meines Onkels, sie wuchsen in den Gassen, wo meine Oma und mein Onkel wohnten. Sie wuchsen zu beiden Seiten der Straße, am Stadion und anstelle von Weiden am Fluss Dnipro. Sie umgaben Fabriken und Geschäfte. Meine ganze Kindheit habe ich unter schwarzen, knorrigen Aprikosenbäumen gelebt. Weiße Blüten, orange Früchte – es war wunderschön. Es war wie am Mittelmeer. Ein Segen, ein Geschenk. Wenn man in die Stadt kam, sah man in endlosen Baumreihen die reifen Früchte prangen. Die ganze Stadt glich einem Obstgarten voller reifer Früchte für Kinder und alte Leute, die die Aprikosen am liebsten mochten.

Und dann, als ich nach Kyjiw gezogen war, sah ich Aprikosen nur noch auf Straßenmärkten und in Supermärkten. In Tscherkasy sterben die alten Bäume ab, und neue wurden nicht gepflanzt. Nach der Katastrophe von Tschernobyl wurden keine Obstbäume mehr in Städten gepflanzt, man glaubte, dass Obst radioaktiven Staub aufnimmt.

Hier, auf den Feldern von Luhansk, gibt es keine Aprikosenbäume. Überhaupt keine. Es gibt nicht einmal Tannen oder Kiefern. Nur Eichen und Akazien. Aber wenn du in die nächstgelegene Ortschaft fährst, fallen dir als erstes die Aprikosen auf. Ich habe den ganzen April auf meinem Posten verbracht, so dass ich dieses Jahr die weißen Blüten mit dem bräunlichen Fruchtknoten nicht gesehen habe. Ich habe weder Zeit noch, ehrlich gesagt, Lust dazu gehabt. Es herrschte Krieg, und wir waren Soldaten. Der lange Winter endete mit neuen Strapazen. Aber dann wurde es plötzlich Juli, so trocken und heiß, wie ein Sommer im Donbas sein sollte. Die Aussicht auf das Ausscheiden rückte unablässig näher und gab uns Kraft und Energie – und wir wagten es, Pläne zu schmieden, Strategien für unser zukünftiges Leben zu entwerfen, und begannen, öfter in die Stadt zu gehen. Wir wurden so übermütig, dass wir ein Taxi zu unserem Stützpunkt bestellten und umfuhren dann das Hauptquartier und alle Stützpunkte. Für 150 setzte uns der Taxifahrer in Popasna ab, wo wir stundenlang in einem Café saßen, Hühnerschnitzel, Salate und Eis aßen.

Jetzt ist die Zeit für Aprikosen. Wie einst in meiner Kindheit, als sich die Stadt buchstäblich von Grau und Schwarz in Grün und Orange gefärbt hat. Jetzt sind die Aprikosen überall. Sie scheinen in verfallenen Gebäuden zu wachsen, in Schlaglöchern auf Straßen, aus Fenstern, die von Explosionen und Druckwellen herausgesprengt worden sind. Es gibt so viele von ihnen, und in der Stadt scheint ständig die Sonne, und du kannst kaum glauben, dass einen Kilometer von hier entfernt Stellungen sind, die Tag und Nacht von Mörsern und Raketenwerfern beschossen werden. Das Leben in der Stadt geht weiter. Auf den ersten Blick wirkt sie nicht wie eine Stadt nahe der Front, sie ähnelt einer verträumten Provinzstadt: Ein müder Hund schläft im Staub in der Nähe des Postamtes, Taxifahrer trinken Kwas im Schatten von Kastanien und Linden, junge Mütter mit Kinderwagen spazieren durch den Park, einige Teenager rasen auf Fahrrädern herum. Nur die Sandsäcke neben dem Büro des Kommandeurs und die zu beiden Seiten der Straße geparkten Militärfahrzeuge verraten die Nähe des Krieges. Und so kehren wir, nachdem wir Aprikosen in einem Lebensmittelgeschäft gekauft haben (ja, ja, im Geschäft, weil es sich für ordentliche Soldaten kurz vor dem Ausscheiden nicht gehört, auf Bäume zu klettern), in unsere Schützengräben und Erdhöhlen zurück. Noch vor einer Stunde sind wir, erschöpft von Essen und süßen Getränken, in sauberen Uniformen und polierten Stiefeln durch die

Stadt geschlendert, und jetzt, nachdem wir in unsere Shorts und zerrissenen T-Shirts geschlüpft sind, starren wir zu unserem Lager hin, wo verdächtig aussehender Rauch aufsteigt. Ich erinnere mich an »Aprikosen setzen ihre Helme auf« aus *Die Aprikosen des Donbas*, einer Gedichtsammlung von Lyuba Yakimchuk* und esse die süße Frucht aus Moldawien. Ich spüre, dass all dies für mich bald zu Ende sein wird, und frage mich, wie lange ich mich daran erinnern werde. Stille Bäume, laute Explosionen, lange Gespräche, säuerlicher Kwas, schmerzhafte Sonnenbrände, neue Beziehungen und alte Gewohnheiten, schlaflose Nächte, vertraute Stimmen am Telefon, ein saftiges grünes Feld vor uns, der faulige Geruch aus den Schützengräben, totale Leere irgendwo tief in mir, zaghafte Träume von einem friedlichen Leben, der grenzenlose Himmel von Luhansk und warme Aprikosen. Es macht gar nichts, dass sie von irgendwoher kommen, wo der Krieg nur im Fernsehen und auf Computerbildschirmen existiert.

Die letzte Nacht

Wlad wurde drei Tage früher entlassen, Sanja und ich blieben zu zweit zurück

Zum Abschied kaufte Wlad uns eine Flasche Wein. Ich begleitete ihn zum Stab. Wir umarmten uns, weinten. Er fuhr weg, und ich kehrte zum Stützpunkt zurück. Mit einer Flasche trockenem Rotwein und anderthalb Kilo Würstchen.

An jenem Abend saßen Sanja und ich am Feuer und redeten viel. Der Wein machte uns betrunken, als wäre es Wodka. Für die Würstchen hatten wir keinen Platz mehr, deshalb stocherten wir mit den Spießen in der Glut und erinnerten uns an alles, was in den letzten vierzehn Monaten passiert war. Später, im Unterstand, als wir bereits in den Schlafsäcken lagen, vertrauten wir einander lange unsere Geheimnisse und Erkenntnisse an. Wir fühlten: wenn nicht jetzt, dann nie.

Ich dankte ihm dafür, dass er mir beigebracht hatte, ein Mann zu sein, keine Angst zu haben und die Wahrheit zu sagen. Er bedankte sich auch. Dafür, dass ich ihn nicht im Stich gelassen hatte, obwohl er anfangs an mir zweifelte. Er sagte, dass er nicht an mich geglaubt und dass er befürchtet habe, ich könnte bei Gefahr in Panik geraten und ihn im Stich lassen.

In dieser letzten Nacht bat Sanja mich, ihm meine Erzählungen vorzulesen. Ich lese eine, dann noch eine, und er möchte noch mehr, sagt, dass es besser sei, als einen Film zu gucken. Ich wundere mich, denn ich weiß, wie ermüdend es ist, Prosa zu hören. Aber er besteht darauf. Und ich lese. Es ist bereits ein Uhr nachts, um sieben müssen wir aufstehen, unsere Sachen packen, uns von allen verabschieden, alle Hände drücken, die Tränen zurückhalten, eine letzte gemeinsam rauchen, doch wir reden und reden, als hätten wir in den gemeinsamen vierzehn Monaten nicht genug Zeit zum Reden gehabt. Wir wollen nicht schlafen, und wollen nicht fahren, wollen uns nur so schnell wie möglich aus dem Staub machen und vergessen, und alles für immer im Gedächtnis behalten.

Wie all das zusammenfügen, wie mit all dem leben, und wie ohne all das leben?

Wir stehen um sechs Uhr auf. Waschen uns, putzen die Zähne, ziehen die am Vortag gewaschene Kleidung an. Wir gehen zwischen den Unterständen herum, verabschieden uns von denen, die bleiben – eine Woche, zwei Wochen, bis zum Ende ihrer Frist.

Ich will etwas Bedeutendes sagen, bringe aber nur Schweigen zustande. Ich will endlos Wünsche und Versprechungen aussprechen, aber es kommen nur alltägliche Floskeln und alte Themen heraus.

Wir brechen zum Stab auf. Natürlich mit »Kusmitsch« (der seit vielen Monaten unseren alten GAZ fährt), schlucken Staub. Wir fahren an den Stützpunkten vorbei, warten im Stab auf unsere Dokumente, reden wieder, schweigen. Offiziere aus anderen Kompanien kommen zu uns und bedanken sich für unseren Einsatz. Soldaten kommen und drücken uns schweigend die Hände.

Über uns hängt die Hitze. Chan, der Schäferhund des Spähtrupps, wirbelt Staub auf, er schleppt ein Kätzchen herum, will mit ihm spielen, aber das Kätzchen ist verschreckt und gelähmt von der Hitze. Roma, der Elektriker aus dem Scharfschützenzug, kommt zu uns, vor einem Monat hat man ihn für irgendeine Sünde in unsere Strafkompanie geschickt. Er hält ein Kabel in den Händen, seufzt schwer. Sagt, dass er mit der letzten Reserve zurückfährt.

Unser SamPolit Iwanytsch, der akribisch seine Zeit mit uns am Stützpunkt abdiente, ist sichtlich beunruhigt, er will nicht, dass wir fahren. Aber wir muntern ihn auf:

»Iwanytsch, mach dir nicht ins Hemd, bald fährst auch du heim. Im Dezember«, fügen wir hinzu und lachen.

Von einer nahen Position hört man Maschinengewehrfeuer. Aber es geht uns nichts mehr an. Wir warten, bis wir endlich unsere Wehrpässe zurückbekommen und irgendwelche Papiere für das Wehrkommissariat, bis man uns das Kommando gibt, in den Autobus zu steigen, einen Salut schießt und uns entlässt – weiter schwimmen, aber in einem anderen Strom. Wärmer und weniger reißend.

Sanja! Mein Freund Sanja! Noch vierzig Minuten gemeinsam, bei Artemiwsk wirst du aussteigen und in dein Gruben-Städtchen fahren, wirst kühles Bier trinken und deinen müden Körper im Samara-Fluss baden. Ich habe noch 700 Kilometer im schneeweißen Intercity-Waggon vor mir, spüle meine Langeweile mit Tonic und kalter Cola hinunter. Wir verabschieden uns, aber bald werden wir uns wiedersehen. Solche wie ich sehen solche wie dich immer wieder. Selbst wenn es nicht in der Metro sein wird und auch nicht zwischen den Gates des Münchner Flughafens.

Mit uns fährt Onkel Ljoscha. Er hat noch zwei Wochen bis zum Ausscheiden. Nun fährt er nach Wynnyzja ins Spital. Nachdem wir uns von Sanja verabschiedet haben, bleiben wir zu zweit zurück, Landsleute. Während wir in Kostjantyniwka auf den Zug warten, stehen wir im Schatten und rauchen. Wir sprechen über Alltägliches. Über Bier oder so. Ich erinnere mich an eine Geländeübung bei »Schyrokyj Lany«, als man uns drei Tage ohne Wasser und Zigaretten in der Steppe aussetzte. Onkel Ljoscha und ich gingen zu Fuß zu einem Dorf, in dem Tataren und Zigeuner lebten, kauften uns in einem abgefuckten Laden je eine Flasche kühles Mykolajiwske-Bier. Vom Durst und dem Zorn auf den Kommandostab völlig entkräftet, setzten wir uns direkt vor dem Geschäft auf den Randstein und tranken gierig das kalte Bier. Ich erinnere den Alten an diese Episode. Er lächelt, aber durch seine Zähne schimmert etwas wie Verwünschung. Noch dreißig Minuten bis zum Zug. Wir betrachten die Gruppen überwiegend junger Menschen, die zu den Marschrutkas anstehen: »Kostjantyniwka – Donezk«, »Kostjantyniwka – Horliwka«,

»Kostjantyniwka – Snischne«.

Ich schweige. Onkel Ljoscha aber schweigt nicht:

»Die haben ein Leben. Hin und her, hin und her. Gelbzahnige Hähne.«

Anmerkungen und Worterklärungen

11 MACHNO – Nestor Machno, 7. 11. 1888 in Huljajpole – 6. Juli 1934, Paris; ukrainischer Anarchist, der zwischen 1917 und 1921 mit einer zeitweise beträchtlichen Anhängerschaft unter der bäuerlichen Bevölkerung der Südukraine beachtliche militärische Erfolge v.a. gegen Monarchisten und Bolschewiken erzielte; dabei setzten die Machno-Einheiten auf wendige, von Pferden gezogene Kampfwagen, die mit Maschinengewehren bestückt waren.

14 AB ZU DEN ZWEIHUNDERT bedeutet im Militärjargon: fertig, am Ende, tot; wahrscheinlich abgeleitet vom Armeecode der Rückführung toter Soldaten zur Übergabe an die Familienangehörigen, im erweiterten Sinn: toter Soldat.

15 GRENIS – milit. umgangssprachlich für Panzergrenadiere

101 DEBALZEWE – Stadt im Donbas, nördlich von Donezk gelegen, Schauplatz schwerer Kämpfe zwischen sogenannten prorussischen sowie russischen Einheiten und der ukrainischen Armee im Jahr 2014; trotz des Minsk II-Abkommens am 15.2.2015 über einen absoluten Waffenstillstand besetzen russische Einheiten und Separatisten am 17.2.2015 die Stadt.

15 LUBJANKA – Nicht offizielle Bezeichnung für das Gebäude, in dem sich das Hauptquartier des sowjetischen Geheimdienstes und dessen Zentralgefängnis in Moskau befanden. Es war ein schreckensbehafteter Inbegriff der politischen Verfolgung, insbesondere im Zusammenhang mit den berüchtigten, affirmativ wie verharmlosend als politische »Säuberungen« bezeichneten Repressionen gegen angebliche

oder tatsächliche Gegner unter Stalin. In den unterirdischen Trakten befanden sich Folterkeller und Hinrichtungsstätten. Heute ist dort der Sitz des russischen Inlandsgeheimdienstes FSB.

15 MAJOR PAYNE – *Auf Kriegsfuß mit Major Payne* ist eine US-amerikanische Filmkomödie von Nick Castle aus dem Jahr 1995.

16 MARSCHRUTKA – Eine Art Sammeltaxi, das eine bestimmte Route abfährt und ohne feste Haltestellen Fahrgäste ein- und aussteigen lässt.

28 DOWLATOW – Sergej Dovlatov, 3.9.1941 in Ufa – 24.8.1990 in New York City, war ein jüdisch-russischer Schriftsteller, der – nachdem sein literarisches Schaffen vom KGB behindert und er aus dem Journalistenverband ausgeschlossen worden war – 1978 in die USA emigrieren durfte.

28 TSCHAADAJEW – Pjotr Čaadaev, 7.6.1794 in Moskau – 26.4.1856 in Moskau, russischer politischer Philosoph, der von Zar Nikolaus I. aufgrund seiner Schriften für verrückt erklärt wurde, da er darin Russland eine moralische und intellektuelle Bedeutungslosigkeit bescheinigte, s. *Apologie eines Wahnsinnigen. Geschichtsphilosophische Schriften*, Reclam Leipzig 1992.

28 HERZEN – Aleksandr Ivanovič Gercen, 6.4.1812, Moskau – 11. Januar 1870, Paris, russischer Intellektueller, Philosoph und Publizist, seit den dreißiger Jahren politisiert und im Visier zaristischer Polizei, verhaftet und mehrere Jahre verbannt; 1847 ausgewandert nach Westeuropa.

29 SEPARO – Abkürzung für die prorussischen sog. Separatisten im Donbas, die von Russland mit Waffen und militärischen Know How, z.T. auch von (russischen) Truppen unterstützt werden.

29 DIESE ACHTUNDZWANZIG HELDEN PANFILOWS – Als Panfilows Helden werden jene Soldaten des sowjetischen Generalmajor Panfilow bezeichnet, die bei einem deutschen Angriff während der Schlacht um Moskau der Legende nach tapfer bis zum Tode standhielten. Nach dem Krieg wurden freilich einige der Gruppe lebend angetroffen und die Geschichte als Mythos entlarvt.

29 DIESE SECHSUNDZWANZIG BAKU-KOMMISSARE – Sowjetischer Historienfilm von 1965 über die Kriege im Kaukasus und am Kaspischen Meer nach der bolschewistischen Revolution.

29 DIESE DREIUNDDREISSIG MAL UNGLÜCK – Dabei handelt es sich um eine US-amerikanisch-deutsche Filmproduktion von 2004 mit dem Titel *Lemony Snickets – Rätselhafte Ereignisse.*

30 SLAWA UKRAJINI – Wörtlich übersetzt: »Ruhm der Ukraine!«; inzwischen zu einer Grußformel und einem geläufigen Motto in der Ukraine geworden. Die Wendung tauchte erstmals gegen Ende des Ersten Weltkriegs auf, als sie während der Kämpfe der Ukrainischen Volksrepublik vor allem gegen Bolschewiken und Monarchisten zwischen 1917 und 1921 unter den ukrainischen Einheiten der Volksrepublik populär wurde. Ab den 1930er Jahren wurde sie von verschiedenen ukrainischen Vereinigungen und Gruppierungen des Exils verwendet, u.a. von der Organisation Ukrainischer Nationalisten (OUN) und der Ukrainischen Aufstandsarmee, die gegen Nazi-Deutschland und dann gegen die Sowjets kämpfte. Als Grußformel verwendet wird auf die Worte »Ruhm der Ukraine« meist mit »Ruhm den Helden« (Herojam slawa) geantwortet. Besonders populär wurde die Formel im Laufe des Maidans und seit dem russischen Krieg gegen die Ukraine ab 2014. Ab 2018 ist die Formel »Ruhm der Ukraine, Ruhm den Helden« der offizielle militärische Gruß der ukrainischen Streitkräfte.

37 TSCHEBUREK – ein Gericht, das ursprünglich aus der Küche der Krimtataren stammt, dabei handelt es sich um eine flache, halbrunde Teigtasche, für gewöhnlich mit gehacktem Lammfleisch oder einer anderen herzhaften Füllung plus Zwiebeln, Pfeffer, Petersilie und anderen Gewürze.

39 WYSSOZKI – Wladimir Wysockij 25.1.1938 in Moskau – 25.6.1980 in Moskau, legendärer russischer Schauspieler, Dichter und Sänger. Wysockij verkörperte in der Sowjetunion eine Gegenkultur, zu der auch andere Liedermacher und Autoren wie Bulat Okudschawa und Aleksandr Galič beitrugen. Seine Popularität war – und ist bis heute – immens, im deutschen Sprachraum am ehesten vergleichbar mit dem Echo, das Wolf Biermann in der DDR hatte. Wysockijs Chansons wie zum Beispiel das Lied von der Freiheitsbehauptung eines gehetzten, umstellten Tiers »Ochota na volkov« (»Wolfsjagd«) sind bis heute geläufig.

39 NOWIKOW – Aleksandr Novikov, geboren 1931 in Iturup (Sowjetunion), namhafter sowjetischer und russischer Sänger von Rock- und Popsongs.

39 KASCHA – Getreidebrei unterschiedlicher Zusammensetzung und Konsistenz; verbreitet ist Buchweizengrütze.

40 Ukrop – (eigentl. russ. Dill): Ursprüngliche abwertende russische Bezeichnung für Ukrainer, die von einigen Ukrainern als Eigenbezeichnung übernommen wurde, außerdem Abkürzung für die »Ukrainische Union der Patrioten«.

44 SAMPOLIT – Offizier für Bildungsarbeit, entsprechend der Tradition der Sowjetarmee wird er als Zastupnyk komandyra politroboty (Stellvertretender Kommandeur für politische Arbeit) bezeichnet.

48 TPZ – umgangssprachlich abgekürzt Transportpanzer

56 ATO – Bis 2021 wurde der Kampf gegen die russischen und sog. prorussischen Einheiten im Donbas offiziell als Anti-Terror-Operation bezeichnet.

56 INST-JUNGS – umgangssprachlich für die Instandsetzungseinheit, eine Art mobile Werkstatt der Armee

63 PEREJASLAWER VERTRAG – 1654 legten die ukrainischen Kosaken gegenüber dem russischen Zaren einen Treueeid ab, um von ihm Unterstützung im Kampf gegen die polnisch-litauische Adelsrepublik zu erhalten, der damals wichtigsten Großmacht in Ostmittel- und Osteuropa; der Vertrag von Perejaslaw hatte nachhaltige Auswirkungen auf das ukrainisch-russische Verhältnis und wurde in den folgenden politischen und historischen Konstellationen sehr unterschiedlich gedeutet.

64 WASIL BYKAU ODER KONSTANTIN SIMONOW – Vasil Bykau, 19.6.1924 im Witebsker Gebiet – 22. 6. 2003 Minsk; namhafter belarussischer Autor, Soldat im Zweiten Weltkrieg, der in sich in seinem Werk intensiv mit dem Krieg auseinandersetzte; Konstantin Simonow, 28.11.1915 in Petrograd – 28.8.1979 Moskau, russischer Autor, Kriegsberichterstatter, hochrangiger Literaturfunktionär, in seiner Prosa und seinem dramatischen Werk thematisierte er den Zweiten Weltkrieg.

71 DANIIL CHARMS, 30.12.1905 St. Petersburg – 2.2.1942 Leningrad, sowjetrussischer Avantgardeautor der 1920er Jahre, der sich ab 1930 zunehmend massiven Repressionen gegenübersah. 1941 zum zweiten Mal vom NKWD verhaftet, starb er 1942, für geisteskrank erklärt, in der Gefängnispsychiatrie, wahrscheinlich verhungert. Für unangepaßte Autoren sowie einige bildende Künstler der Sowjetunion wurde Charms, im Samisdat verbreitet, prägend und brachte ihm posthum Nachruhm. Viele seiner Werke konnten erst seit den 1990ern veröffentlicht werden. Im Arco Verlag erschien

2010 das Standardwerk zu seinem Leben und Werk, Gudrun Lehmanns *Fallen und Verschwinden. Daniil Charms – Leben und Werk.*

80 DTEK – als niederländisches Unternehmen geführter Konzern, jedoch mit 60000 Angestellten im Energiesektor der Ukraine, vom Oligarchen Rinat Achmetov gegründet.

86 MANKE RAYDER, WESTEROS ETC. – Protagonisten und Orte der Netflix-Serie GAMES OF THRONES.

98 MICHAIL PRIŠVIN 4.2.1873 im Gebiet Orjol – 16.01.1954 Moskau, lange Zeit nur als populärer sowjetischer Jugendbuchautor mit Abenteuern aus der Wildnis bekannt, darüber hinaus schrieb er Tagebücher und politische Satiren, die erst ab 1991 veröffentlicht werden konnten.

119 BABUSJA – umgangssprachliche, freundliche Bezeichnung für eine ältere Frau

120 … DIE NACHT AUF DEN 18. FEBRUAR – Im Jahr 2014 Beginn des Blutbads auf dem Maidan in Kyjiw, als von den Dächern umliegender Gebäude von ukrainischen und russischen Spezialkräften auf die Demonstranten geschossen wurde, was über hundert Todesopfer, die sogenannten »Himmlischen Hundert«, nach sich zog.

122 UNSERE STÄDTE WERDEN NICHT BOMBARDIERT, UNSERE FRAUEN NICHT VERGEWALTIGT – Die damalige Situation ist nach der Eskalation des Kriegs durch den russischen Angriff auf die Ukraine vom 24. Februar 2022 völlig überholt. Zahllose Kriegsverbrechen, zu denen Folter und Verstümmelungen, Vergewaltigungen und wahllose Ermordungen von Zivilisten gehören, sind dokumentiert.

129 WARLAM SCHALAMOW, ISAAK BABEL
VARLAM ŠALAMOV, 18.6.1907 Vologda – 17.1.1982 Moskau, russischer Schriftsteller und Dissident, verbüßte mehrere Haftstrafen in sibirischen Gulags, diese traumatisierenden Erlebnisse und Erfahrungen reflektierte er später ästhetisch überzeugend in seinen literarischen Texten, v.a. im Zyklus *Erzählungen aus Kolyma*.
ISAAK BABEL, 13.7.1894 in Odessa – 27.1.1940 Moskau, sowjetischer jüdischer russischer Autor, der 1939 festgenommen und im Folgejahr exekutiert wurde. Babel gehörte neben Ossip Mandel'štam und Boris Piln'jak zu den profiliertesten russischen Autoren unter den Opfern der Stalinschen »Säuberungen«. Zu seinen bekanntesten Werken gehört der Erzählzyklus *Die Reiterarmee*, der die Ereignisse der Gegenoffensive unter Budjonny im sowjetisch-ukrainisch-polnischen Krieg 1920/21 zugrundeliegen, die Babel als Kriegsreporter erlebte, sowie die *Geschichten aus Odessa*.

137 KUSMA SKRJABIN – Andrij Kuzjmenko 17.8.1968 Sambir – 2.2.2015 Lozuvatka / Dnipro Gebiet. Populärer ukrainischer Rocksänger, Lyriker und Prosaautor, Schauspieler.

139 KOBSAR – Kobzar ist eine verbreitete Bezeichnung für den ukrainischen Nationaldichter Taras Ševčenko, 9.3.1814 im Kyjiwer Gebiet – 10.3.1861 St. Petersburg, der mit Leben und Werk identitätsstiftend für die Ukrainer und die ukrainische Kultur wirkte; »Kobzar« geht auf die Sammelbezeichnung für Ševčenkos dichterisches Werk zurück, der Begriff selbst bezeichnet traditionelle ukrainische fahrende Musiker, die das Saiten-Instrument Kobza spielen.

139 GREENJOLLY – Ukrainisches Hip-Hop-Duo, das mit dem Song »Razom nas bahato« (»Zusammen sind wir viele«, im Sinne von unüberwindbar) eine Art Hymne der Orangenen Revolution 2004 schuf.

139 IWAN FRANKO – Ivan Franko, 27.8.1856 Nahujevyči – 26.4.1916 L'viv. Ukrainischer Nationaldichter, Autor von Lyrik, Prosa, Dramen sowie publizistischen und wissenschaftlichen Abhandlungen, verfasst auf Ukrainisch, Polnisch und Deutsch, außerdem politisch aktiv in ukrainischen Parteien mit sozialdemokratischem Profil, weshalb er von den österreichisch-ungarischen Behörden wiederholt inhaftiert wurde; das erwähnte kanonische Poem *Kamenjar / Der Steinhauer* ist ein politisch-programmatisches Werk, in dem Franko gegen die Willkür und Rechtsbeugung in Galizien anschreibt.

150 TSCHYFIR – Dabei handelt es sich um einen besonders starken schwarzen Tee, der mit sowjetischen und russischen Gulags und Gefängnissen in Verbindung gebracht wird, er gilt als traditionelles Getränk russischer Verbrecherkultur.

151 SCHRIFTSTELLER WIE HENRI BARBUSSE, ANDRÉ GIDE ODER LION FEUCHTWANGER – eine eigenwillige Reihung dreier international berühmter Autoren und geladener Gäste der Sowjetunion, da sie sich schließlich in ihrer Wahrnehmung der Sowjetverhältnisse deutlich unterschieden. Barbusse – dessen Roman *Le Feu* (1916; Dt. *Das Feuer. Tagebuch einer Korporalschaft*) einer der gefeierten Anti-Kriegsromane war – erwies sich als unkritischer Kommunist, der 1935 eine glorifizierende Stalin-Biographie des Stalinisten Alfred Kurella unter seinem Namen zuließ; Lion Feuchtwanger gab sich dazu her, als ein von den Sowjets hofierter bürgerlicher Romancier in seinem Reisebericht *Moskau 1937* wider besseres Wissen Dinge verzerrt darzustellen, Stalin zu loben und sich für eine Kampagne gegen den kritischen André Gide missbrauchen zu lassen. Zur Last zu legen ist Feuchtwanger insbesondere die Rechtfertigung der Moskauer Prozesse und staatlicher Verfolgung politischer Gegner. Dass ein kritischer Blick auf die Sowjetunion eine Außenseiterposition war und mit erheblichen Anfeindungen und regelrechten Schmutzkampagnen einherging, macht neben Fällen wie

dem des systematisch zur persona non grata gemachten, fortan als Faschist abgestempelten Romancier und Kommunisten Panait Istrati besonders das Beispiel André Gides deutlich. 1936 ebenfalls Ehrengast in der Sowjetunion, brach er zwar zunächst nicht grundsätzlich mit dem Kommunismus, aber machte in seinem Bericht *Retour de l'U.R.S.S.* (1936; *Zurück aus Sowjetrußland*) und einem Folgeband *Retouches à mon Retour de l'U.R.S.S.* (1937) zahlreiche Missstände zum Thema, kritisierte Stalin massiv und bezeichnete seine hohen, utopischen Hoffnungen auf die Sowjetunion als einen Irrtum, was hohe Wellen schlug.

151 KATAJEW, FADEJEW
VALENTIN KATAEV, 28.1.1897 in Odessa – 12.4.1986 Moskau, Klassiker der Sowjetliteratur, nach erfolgreicher satirischer Prosa in den 1920er Jahren orientierte er sich am Sozialistischen Realismus, schrieb über die sowjetische Kolonisierung in Sibirien, über seine Heimatstadt Odessa und die Erfolge der Roten Armee im Zweiten Weltkrieg, neben den sozialistisch-realistischen Werken verfasste er seit den 1960er Werke, in denen er das stilistische und inhaltliche Korsett der offiziellen Sowjetliteratur weitet.
ALEKSANDR FADEEV, 24.12.1901 Kimry / Sibirien – 13.5.1956 Peredelkino/Moskau, wurde mit seinem Roman *Razgrom* (»Die Neunzehn«) über den Krieg der Bolschewiken gegen japanische Truppen 1920 bekannt und war während des Stalinismus höchster sowjetischer Literaturfunktionär und für Repressionen gegen zahlreiche Autoren und Künstler mitverantwortlich. Mit dieser schuldbeladenen, tragischen Rolle wird seine Selbsttötung in der Periode des »Tauwetters« nach Stalins Tod in Verbindung gebracht. Sein Roman *Die junge Garde* war das kanonische Werk in der Sowjetunion und den Warschauer-Pakt-Staaten, das der Jugend die richtige Interpretation des sogenannten Großen Vaterländischen Kriegs gegen Nazi-Deutschland vermitteln sollte.

160 … DASS MAN SELBST DEN KLEINSTEN BROTKRÜMEL EHREN MUSSTE. – Das steht deutlich als eine Bezugnahme auf die spezifisch ukrainische traumatische Erfahrung des Holodomors. Als dieser bezeichnet wird eine herbeigeführte Hungerkatastrophe durch Zwangsrequirierung von Lebensmitteln und Saatgut in der ländlichen Sowjetukraine in den Jahren 1932–34 mit mehreren Millionen Toten, eine der Maßnahmen im Zuge der Kollektivierung, den Widerstand der ukrainischen Bevölkerung gewaltsam und gezielt zu brechen, unter Inkaufnahme oder sogar mit dem Ziel hoher Opferzahlen. 1953 bezeichnete der polnische Menschenrechtler und Jurist Raphael (Rafał) Lemkin – der nach dem Zweiten Weltkrieg die UNO-Konvention gegen den Völkermord trotz starker Widerstände durchgesetzt, den Begriff »Genozid« als juristischen Straftatbestand definiert und ins Völkerrecht überführt hatte – den Holodomor als »das klassische Beispiel eines sowjetischen Genozids«.

178 LYUBA YAKIMCHUK, geboren 19.11.1985 in Pervomajsk, ukrainische Dichterin, lebt in Kyjiw, ihre bislang bekannteste Gedichtsammlung heißt *Aprikosen des Donbas* (2015).

Editorische Notiz

Dieses Buch, bereits 2020 in den Blick genommen, entstand unter den Umständen der Eskalation des Krieges in der Ukraine ab dem 24. Februar 2022. Zwischen Autor und Verlag war, anders als bei uns üblich, nur ein sporadischer Austausch möglich. Unter dem Eindruck der veränderten Lage, die Artem Tschech in der Ukrainischen Armee unmittelbar erlebt, hätte er gerne ein aktuelles Vorwort zu seinem Werk beigesteuert. Dazu hatte er leider keine Gelegenheit.

Zum Autor

Artem Tschech (Čech), geboren 1985 in Tscherkassy als Artem Tscherednyk, studierter Soziologe, gehört zu den wichtigsten Autoren seiner Generation innerhalb der ukrainischen Gegenwartsliteratur; bereits 2007 erschien sein erster Roman. Tschech war an der Demonstrationsbewegung auf dem Maidan in Kyjiw beteiligt. Ebenso prägend wurde für ihn die Zeit an der Donbas-Front von Mai 2015 bis Juli 2016 und schlug sich auch literarisch nieder. Aus einer Flut ukrainischer Bücher von höchst unterschiedlichem Niveau zum Krieg ragt sein Bericht *Nullpunkt* (2017) thematisch und qualitativ heraus. *Totschka nul´* stand 2019 auf der Shortlist zum in Warschau verliehenen Ryszard-Kapuściński-Preis für literarische Reportage und wurde unter dem Titel *Absolute Zero* ins Englische übersetzt. Eine Reihe seiner Werke wurden besonders in den letzten Jahren ausgezeichnet. Tschech lebt in Kyjiw und arbeitet auch mit seiner Frau, der Regisseurin und Autorin Iryna Zilyk (Tsilyk, Cylik), zusammen. Seit Ende Februar 2022 erschienen Beiträge von Artem Tschech aus dem Krieg in der Ukraine auch in der *Frankfurter Allgemeinen Zeitung. Nullpunkt* steht derzeit auf der Shortlist zum Preis der Hotlist 2022.

Zur Übersetzung

Die vorliegende deutsche Erstausgabe ist Ergebnis der Zusammenarbeit von Alexander Kratochvil, Berlin, und Maria Weissenböck, Wien. Beide gehören zu den bereits profilierten Übersetzern aus dem Ukrainischen, die sich seit Jahren um die Vermittlung ukrainischer Kultur verdient machen.

Alexander Kratochvil ist Übersetzer aus dem Ukrainischen und Tschechischen. Er promovierte über den ukrainischen modernistischen Autor Chvylovyj und legte die Monographie *Mykola Chvylovyj. Eine Studie zu Leben und Werk* (1999) vor. Zwischen 2010 und 2020 übersetzte er vier Bücher der ukrainischen Gegenwartsautorin Oksana Sabuschko, ferner 2014 Jury Wynnytschuk, 2017 Oleksandr Irwanez und 2019 Oleg Senzow. Ein großes Echo fand jüngst die unter seiner Beteiligung entstandene Übersetzung des prägendsten Romans der ukrainischen Moderne, Valerijan Pidmohylnyis *Misto*, unter dem deutschen Titel *Die Stadt* im Guggolz Verlag. Im Arco Verlag bereitet er ein Buch von Mykola Chvylovyj sowie als Mitherausgeber und Mitübersetzer die Anthologie *Ein Hauch von Grauen und verborgener Hoffnung. Eine Anthologie ukrainischer Literatur des Ersten Weltkriegs* vor.

Maria Weissenböck ist Übersetzerin aus dem Ukrainischen und Belorussischen. Sie übersetzte seit 2006 zahlreiche Bücher ukrainischer Gegenwartsautoren und -autorinnen, insbesondere von Ljubko Deresch, Sofia Andruchowytsch, Taras Prochasko, Tanja Maljartschuk, Natalko Sniadanko und Maria Matios.

Zum Fotografen

Brendan Hoffman, 1980 in Albany/NY geboren, ist ein freier Dokumentarfotograf, dessen Fotoreportagen immer wieder in Krisenregionen entstanden, wie in Nagorny-Karabach, Belarus oder in der Ukraine, die seit 2013 in seinem Fokus liegt. Seine Arbeiten bilden ein vielfältiges Portrait des Landes mit unterschiedlichen Schwerpunkten. Hoffman begleitete die Demonstrationen auf dem Kyjiwer Maidan ebenso fotografisch wie er bereits früh Einblicke in den Konflikt im Donbas gab; zahlreiche seiner späteren Arbeiten entstanden entlang der dortigen Frontlinie. Infolge der Eskalation des Kriegs ab dem 24. Februar 2022 steht seine jahrelange Einlassung auf die Ukraine nunmehr international im Blickpunkt und weltweit greifen Medien wie die *New York Times* oder *National Geographic* auf seinen besonderen Blick zurück. Seit Jahren arbeitet Hoffman von Kyjiw aus.

https://www.brendanhoffman.com

Bildnachweise und -legende

Sämtlich verwendeten Fotografien stammen von Brendan Hoffman, Kyjiw. Sie entstanden unabhängig von Artem Tschechs Bericht 2014–2021 an verschiedenen Orten in der Ukraine.

Einbandmotiv – Betonsperren in der Nähe eines ukrainischen Militärkontrollpunkts am Donnerstag, 4. November 2021, außerhalb von Hranitne. Im Jahr 2021 setzte die ukrainische Seite hier ihre ersten bewaffneten Bayraktar TB2-Drohnen aus türkischer Produktion ein.

S. 2 – Ein Bild des russischen Präsidenten Vladimir Putin, das für Schießübungen im Stützpunkt des Donbas-Bataillons verwendet wird, am Sonntag, dem 20. März 2016 in Melekyne.

S. 59 – Verlassene ukrainische Militärfahrzeuge am 20. Februar 2015 in Debaltseve, Ukraine. Die ukrainischen Streitkräfte hatten sich aus der strategisch wichtigen und hart umkämpften Stadt zurückziehen müssen, nachdem sie fast eingekesselt worden waren.

S. 74 – »Patrick«, ein Mitglied des 5. Zuges der Dnipro-1-Brigade, einer pro-ukrainischen Miliz, der seinen Namen nicht nennen möchte, weil er aus einer nahegelegenen Stadt stammt und um die Sicherheit seiner Familie fürchtet, liest ein Buch in seinem Unterstand unter einer Brücke zwischen Perwomajsk und Pisky, 17. November 2014.

S. 81 – Nadiya Volkova, 24, trauert um ihre Mutter Katya Volkova, 60, die am 1. Februar 2017 in Awdijiwka (Avdiivka) gegen 7:30 Uhr auf dem Weg zum Laden durch Granatenbeschuss getötet wurde.

S. 87 – Ukrainische Soldaten spielen am 15. Februar 2015 außerhalb von Artemiwsk – seit 4. Februar 2016 wieder unter seinem historischen, vorsowjetischen Namen: Bachmut – Fußball auf der Straße, die zur umkämpften Stadt Debalzewe (Debaltseve) führt. Eine Waffenruhe, die um Mitternacht in Kraft treten sollte, wurde Berichten zufolge entlang des größten Teils der Front eingehalten, außer in der Nähe der umkämpften Stadt Debaltseve. (Bildausschnitt)

S. 117 – Leutnant Denis Naumov, Presseoffizier der 58. Brigade der ukrainischen Armee, mit einem Schmetterling am 9. Juli 2016 in Awdijiwka (Avdiivka). (Bildausschnitt)

S. 123 – Euromaidan, Kyjiw. Nach einem verrückten Tag und einer verrückten Nacht sind heute Morgen alle müde, 19. Februar 2014

S. 133 – Zwei ukrainische Soldaten kehren während eines Schneesturms am Samstag, den 19. März 2016 in Pawlopil, von einem Einkaufsbummel zurück zu ihren Stellungen.

S. 157 – Wolodja, ein Kämpfer des Bataillons Dnipro-1, einer pro-ukrainischen Miliz, küsst seine Frau Natalia, nachdem er ihr Blumen gebracht hat, die er in einem der Stützpunkte der Gruppe, bekannt als »Die Brücke«, unweit der Frontlinie bei der Stadt Pisky gepflückt hat. Pervomajsk, 20. März 2015. (Bildausschnitt)

S. 165 – Ein ukrainischer Soldat in einem Unterstand an der Frontlinie in der Stadt Schtschastja (wörtliche Übersetzung »Freude«, »Glückseligkeit«), Region Luhansk. Freitag, 16. April 2021. Die Verletzungen des Waffenstillstands hatten seit Ende März 2021 zugenommen, als Russland massiv Truppen entlang seiner Grenze zur Ukraine konzentrierte.

Wir danken dem Fotografen herzlich für die Genehmigung zum Abdruck seiner Bilder.

Fritz Beer
Das Haus an der Brücke
Erzählungen
Arco

Marko Martin
»Brauchen wir Ketzer?«
Stimmen
gegen die Macht
Portraits
Arco

Bibliographische Information der Deutschen Bibliothek: Die Deutsche Bibliothek verzeichnet diese Publikation in der Deutschen Nationalbibliographie; detaillierte bibliographische Daten sind im Internet über http://dnb.ddb.de abrufbar.

Der Arco Verlag unterstützt die Kurt-Wolff-Stiftung für eine vielfältige Verlags- und Literaturszene. www.kurt-wolff-stiftung.de

Die vorliegende Deutsche Erstausgabe folgt der ukrainischen Originalausgabe **Точка нуль**, die 2017 beim Verlag VIVAT, Charkiw, erschien.

Die Arbeit der Übersetzer am vorliegenden Text wurde vom Deutschen Übersetzerfonds gefördert im Rahmen des Programms NEUSTART KULTUR der Beauftragten der Bundesregierung für Kultur und Medien. Wir danken für diese wichtige Unterstützung.

Einbandgestaltung:
Praxis für visuelle Kommunikation, Wuppertal,
unter Verwendung eines Fotos von Brendan Hoffman.
https://www.praxis-kom.de/
Satz: Michael Baiculescu, Wien
Druck: MCP, Mazowiecki Centrum Poligrafii, Marki
Printed in Poland
Made in Germany
ISBN 978-3-96587-044-4

Arco Verlag GmbH, Obergrünewalder Straße 17, D-42103 Wuppertal
Arco Verlag (Wien), Lorbeergasse 10/12, A-1030 Wien
Tel.: 0043 (0)1 715 46 06 / Fax: 0049 (0)202 2634 000
www.arco-verlag.com | service@arco-verlag.com